Grandi Bestsellers

di Luciana Littizzetto

nella collezione Oscar

Col cavolo
La Jolanda furiosa
La principessa sul pisello
Rivergination
Sola come un gambo di sedano

nella collezione Biblioteca Umoristica Mondadori

Chelittichefazio (con Fabio Fazio)
(libro e DVD)
Chelittichefazio 2 (con Fabio Fazio)
(libro e DVD)
I dolori del giovane walter

LUCIANA LITTIZZETTO

RIVERGINATION

OSCAR MONDADORI

I edizione Biblioteca Umoristica Mondadori novembre 2006
I edizione Grandi Bestsellers maggio 2008

ISBN 978-88-04-57665-5

Questo volume è stato stampato
presso Mondadori Printing S.p.A.
Stabilimento NSM - Cles (TN)
Stampato in Italia. Printed in Italy

Anno 2011 - Ristampa 3 4 5 6 7

Indice

Rivergination

A J. e V.
Mio nuovo pezzo di vita.

Boxer, slip o parigamba?

A volte la mia connaturata inclinazione all'idiozia mi conduce nelle vie scoscese del dubbio, alla ricerca di una risposta alle grandi domande della vita. Chi siamo, da dove veniamo, dove andiamo? Io so dove mi mandano, ma credo che non possa essere considerata una risposta. È nato prima l'uovo, la gallina o Storace? Come mai Mentana da quando fa *Matrix* ha i brufoli come Bruno Vespa? Mi scoppia la testa. Forse devo abbassare il tiro. Ci vorrebbe un dilemmino piccolo piccolo. Trovato. Boxer o slip? Come preferiamo vedere il nostro amato consorte? Col boxer che promette ma nasconde o con lo slipettino che svela il mistero però ti dà subito il colpo d'occhio della situazione? Sono lacerata dal dubbio. Altro che quella stupida questione dell'essere o non essere di Amleto. Grazie al cielo ultimamente si fa strada una terza possibilità. La sintesi suprema della mutanda maschile. Il magico "parigamba". Che sarebbe la braca che nasce boxer ma c'ha l'anima da slip. Quella che sul davanti ha una specie di sacchetto. Un portagioie. Che a volte si riempie a volte meno. È la vecchia storia del bicchiere mezzo pieno e mezzo vuoto. Dipende da come la vedi. Il parigamba è fatto per gli ordinati. I puntigliosetti. I precisini. Quelli che ripongono tutto con cura. Ogni cosa al suo posto... "ma nessuno mai saprà quanto costa la mia libertà". Il mio fidanzato, che è un manzo di una certa caratura, libero e selvaggio, con le cosce da gladiatore, i parigamba li aborre. Preferisce il boxer slandro, moscio e smandrappato. Quello fatto di maglina molle con la feritoia per le uscite d'emergenza. Oppure quello a bragona di teletta semirigida. Legnosa. A cosa servano 'ste mutande per me rimane un mistero. Perché lì dentro tutto va e tutto viene, in una danza, in un junglage, in un pingpong che ha dell'incredibile. A me, che sono amica, amante, cuoca e concubina è proibito l'acquisto della mutanda maschia. L'operazione mutanda è prerogativa della suocera. Sì. I boxer glieli può comprare solo sua madre. Perché la mamma sa. Come faccia a sapere più di me, avere gli ultimi aggiornamenti della situazione, è un altro mistero. Comunque ci azzecca. Solo sulle fantasie avrei un filo da ridire. Van molto i cavalli in primo piano (a me vederlo con un purosangue sul didietro ogni tanto un po' inquieta), tante briglie sciolte, l'occorrente per il golf, il tennis, e molto molto molto scozzese. Molto Carlo d'Inghilterra. Battuta di caccia alla volpe. La volpe sarei io, *ça va sans dire*.

E poi c'è l'altra categoria di maschio. Il seguace dello slip. Detto anche l'Uomo Ragno. Quello che da anni indossa lo slippino bianco, in cotone, marca aracnide che sottolinea lo stacco di coscia e sostiene il pereira. E passi anche lui. Ma quello che secondo me deve essere proprio bandito dal commercio è lo slip con l'elasticone alto con la marca stampigliata sopra che si fa sbucare dal jeans. Lo slip parlante che sembra che dica: "Minchia quanto sono figo. Sono troppo avanti". Ecco, bravo amore, vai ancora un po' più avanti così mi sprofondi nel vuoto e ci liberiamo di te.

Velo e zeppe

Senti qua. Io non ci dormo la notte. Dopo un sondaggio mondiale, fatto da uomini, è uscita su un giornale americano la classifica dei cinquanta maschi più fighi del pianeta. E la hit parade della "machità" parla chiaro. Al primo posto ci sta George Clooney. Scontato e risaputo. Ma fin lì mi sta anche bene. Quello che mi turba è che al ventiseiesimo posto c'è Silvio Berlusconi. E non c'è Tom Cruise. Che come altezza sono uguali ma, se posso dire, il Tom dà un filo più di soddisfazione. Tom non pervenuto, come la temperatura di Santa Maria di Leuca. Allora a questo punto, scusa, io mi chiedo. Per logica. Se nei primi cinquanta uomini machi del mondo c'è Silvio, perché nelle prime cinquanta donne gnocche del mondo non ci sono io? Sono alta come lui, porto i tacchi larghi, mi metto il fondotinta, mi tingo i capelli e c'ho pure tre televisioni: una in camera da letto, una in cucina e una in salotto. Perché io no? Perché i maschi valli a capire. Guarda Schumacher. La notizia è che si è ritirato dalle gare. E adesso che non corre più in macchina ha detto che vuole andare a fare il bagno con le balene. Ma i tedeschi fumano la birra? Ma Sciumi? Hai guidato per anni a trecento all'ora e ti è andata di lussissimo, smetti, e non ti viene in mente nient'altro che fare il bagno con le balene?! Ma visto che non ti sei spetasciato in questi quindici anni, è proprio il caso di cercarsi delle rogne? Una balena che stringe in curva non è come Alonso, che tra la macchina e lui faran seicento chili. Minchia, una balena son centoventi tonnellate, ti ranza via la prima, la seconda e la terza pelle! Sciumi? Ma facci stare tranquilli. Datti pace. Vai in bici. Gira con le pattine, così lucidi i pavimenti. Siediti su una sedia a dondolo a controllare il profilo delle vacche all'orizzonte. Fai una roba normale. Capisci questa parola? Nor-ma-le. Fatti eleggere rappresentante di classe. Metti via i peperoni sott'olio. Vernicia lo steccato di casa. Magari, se proprio vuoi, mentre vai di pennello tieni il sedere in fuori, così le macchine ti fanno la rasetta. Poi per carità. Ciascuno è libero di fare quel che gli pare, Scium... ci mancherebbe.

Come 'sta storia del velo. E le donne islamiche lo devono portare, e non lo devono portare... E una che si lamenta, e l'imam che tuona... Ufff... Ma lasciamo che le donne islamiche facciano un po' quello che credono. Violano la legge? No. Mi danneggiano? No. Perché noi le vogliamo liberare? Ma chi siamo noi? Se si vogliono liberare si libereranno da sole. Dicono che col velo non sei riconoscibile e quindi, per problemi di sicurezza, il velo non si deve mettere. Molto bene. Allora proibite anche le zeppe. Perché, le zeppe non ti rendono irriconoscibile?! Se sei alta un metro e quaranta e ti metti trenta centimetri di sughero, quando te le levi non ti riconosce più nessuno! Prima sembri la Schiffer e quando scendi giù torni a essere un volpino che per far pipì sui paracarri deve prendere la scala! Le donne basse come me, se mettono le zeppe, sembrano uno di quei tappi di sughero delle bottiglie di mirto che si comprano per souvenir. Che sotto c'è un chilo di sughero e sopra c'è la statuina. Altro che velo.

Piedone puzzone

Aiutatemi a dire che strazio. La povera Betty sta inguaiata. Colpa di quella scoria tossica del suo fidanzato Dante. Non che sia stato mai un poeta del Dolce stil novo. Non che abbia mai avuto paroline affettuose, trottolina amorosa du du da da da. Mai. Nemmeno da innamorati. Betty racconta sempre con un filo di orrore quando una notte, in un raptus di romanticismo, la portò in riva al lago d'Orta. Lei, la voce tremolante, il cuore in gola e l'elastico del collant già pronto a scendere, gli sussurrò a mezza voce: "Amore, guarda che luna". Ma lui capì: "Guarda che è l'una". E le rispose: "Minchia, pensavo fossero le undici. Andiamo che mi scade il parcheggio". Poi le cose andarono avanti, lei si immolò sull'altare della pazienza e la relazione continuò a scorrere come un lungo fiume tranquillo e inquinato. Fino all'altra sera, quando Betty ha rischiato la galera nel tentativo di accopparlo con l'abat-jour. Premessa: il superbadola ha attivato sul cellulare un inutile servizio di SMS grazie al quale gli arrivano in tempo reale gli aggiornamenti sportivi. Si fa mezzanotte, lei e lui a letto, comincia il ciupa dance. Improvvisamente, a metà della performance, si sente un bip. È arrivato un messaggio. E quella testa di criceto che fa? Invece di ignorare l'evento e di proseguire nell'ardimento, sguscia dalle coperte, si alza e, nudo come quella disgraziata di sua mamma l'ha fatto, piglia il telefonino e fa: "Ah, è morto Omar Sivori". Poi con nonchalance si ributta a letto e riprende il ciupa come se nulla fosse successo. "Con tutto il rispetto per il grande campione, ma ti sembra un comportamento da sano di mente?" Tappati gli occhi coi capelli e tira innanzi, Betty, che c'è di peggio. C'è un bellissimo proverbio piemontese che dice: "Se ognuno di noi andasse in piazza a scambiare la propria croce con quella degli altri, ciascuno tornerebbe a casa con la propria". Pensa a Bice che sta con uno che gli fetono i piedi come due fontine d'Aosta. "Perché, al mio no? Guarda che quello dei piedi è un problema di tutti gli uomini." Come darle torto. Un piede che anche al buio lo trovi subito è una cosa da maschio. E poi ci dicono che sono gli ormoni. Ma se prendete il Viagra! Gli ormoni vi funzionano solo dalla caviglia in giù? I piedi del maschio sono sempre stati una demoniaca presenza. Io lo so perché. Perché son fatti della materia vivente di cui era fatto Alien. Il piede del maschio è un'arma di distruzione di massa. Con l'aggravante che non ti colpisce subito, tipo uno schiaffo, no. Lavora in modo sotterraneo. Faccio un esempio. Tu sei lì che guardi la TV e lui si toglie la scarpa da ginnastica. Subito è niente. Passano dieci, venti, trenta secondi... e dopo è troppo tardi. In un attimo ha contagiato tutto l'appartamento. A questo punto, anche se prendi il tuo lui e lo butti in giardino non serve più. Perché l'odore del piede maschio è persistente. Levi la scarpa? L'odore resta. Se togli un mazzo di rose, dopo un secondo il profumo sparisce; se levi il piede di manzo latino, l'odore resta lì. Ma di tanta e tale tragedia l'uomo non si cruccia. Tutt'altro. Anzi, ti dice: "Ti lamenti tu? Pensa io che li ho sotto il naso tutto il giorno". La verità è che lui, dei suoi piedi, ne va orgogliosissimo. Adora pastrugnarsi le estremità, dito per dito, e lo fa con un affetto tale che mi stupisco quasi che non li chiami per nome. Il suo rituale preferito è annusarsi il calzino dopo averlo sfilato. C'è chi addirittura lo mette sotto il cuscino, per evitare di perderlo. L'uomo scoperchia le scarpe e... voilà. Dei presepi viventi, degli ecosistemi perfetti dove i calli ti strizzano l'occhio di pernice. Un'idea per passare indenni la notte è quella di appendergli agli alluci due Arbre Magique. Hai un po' la sensazione di dormire in macchina, ma almeno respiri. Tanto rassegniamoci. Questo è il nostro destino. Non lo diceva anche Finardi che l'amore è riconoscersi dall'odore?

L'uovo ideale non esiste

Che amore. Il mio cerbero è proprio un amore. Non prova neanche a reagire. Sta inerte. L'espressività e il brio di un teletubby. Abbassa il testolino, spalanca le fauci e ingurgita senza farsi domande. Un passerottone. La verità? È rassegnato. Conscio del fatto che io ho tanti talenti. Sono figa, furba e maledettamente simpatica. Ma difetto un filo ai fornelli. Non è appropriato dire che io cucini. Piuttosto produco del cibo, del ciarpame mangiabile. Si tratta di un nuovo filone che non ha niente a che vedere con la nouvelle cuisine o la tradizione mediterranea. L'ho battezzato personalmente con la dicitura di: "Cucina commestibile". Che si mangia, non muori, ma non è detto che sia buona. Dipende. Può essere una fetenzia o una prelibatezza. È il caso che lo decide. Ieri, zompando qui e là per la cucina ho cinguettato spavalda: "Amore? Ti ho già detto che ti adoro?". Immediatamente ho percepito in lui un misto di costernazione, angoscia e antipatia grande, quella di chi sa che il destino gli riserva un futuro infausto. "Ti va un bell'ovetto sodo?" Mi ha fatto gli occhi tristi da Pierrot. Ho controllato il frigo. Non un filo di maionese, non un goccio di salsa cocktail. Avrebbe rischiato di soffocarsi col tuorlo cotto. Roba da avercelo sulla coscienza per tutta la vita. "Te lo faccio in camicia" l'ho rincuorato mettendo su una delle mie facce migliori. Quella da culo. Quella serena e convinta di chi sa come si fa l'uovo in camicia. Falsa. Mi ricordavo vaghissimamente. Ho fatto scaldare un pentolino con un po' d'acqua e un po' di aceto bianco. Così a vanvera, confidando nella *buena suerte.* Ho aspettato che l'acqua facesse le bolle, come faccio io col cicles, e poi ci ho scagliato dentro l'uovo. Maledetto. Le uova non collaborano mai. Odiose. Non si montano a neve, impazziscono nella maionese, e si sfrangiano in camicia. Si è disintegrato, lo schifoso. È diventato antimateria. Tutto sbrindellato. Sono stata costretta a riesumarlo col colino e a cacciarglielo nel piatto alla cavolo di cane. Ma subito il guizzo di genio, tipico di un'esponente della cucina commestibile. Gli ho appiccicato un post-it sul bicchiere con su scritto: UOVO IN CAMICIA DI ROBINSON CRUSOE. (Da naufrago. Tutta stracciata.) Per fortuna lui non fa caso alle apparenze. In uno dei nostri primi incontri galanti mi portò una bottiglia di champagne. Aspetta che prendo i flûte, gli dissi. E lui: "Lascia stare, bastano due bicchieri". Meglio del marito di Bea. Un tamarro d'altri tempi. Lei mi ha detto che quando mangia lui non solo mette i gomiti sul tavolo ma si abbraccia proprio piatto piano, fondo e bicchiere, arrivando a volte fino alla bottiglia, tiene la forchetta come un pugnale, e la mattina appena sveglio sta con le mani sul pacco per almeno dieci minuti. Che charme. Anche l'ultima fiamma di Molly in fatto di bon ton non scherza. Già ha l'aria di un Barbablù con un paio di mogli accoppate in cantina. Ma il meglio lo offre dopo mangiato, prima con un concertino di "zzt zzt" alla moda dei siciliani, per sgombrare gli impicci tra i denti, per poi finire con un delizioso rutto. E dice anche: "Scusate". Ma solo se supera i centodieci decibel.

Vietato tirare lo sciacquone

Sentite qua. Siccome in Inghilterra è piovuto poco e con la siccità c'è il rischio che d'estate restino senz'acqua molte zone, il sindaco di Londra per risparmiare acqua ha chiesto ai cittadini di non tirare più lo sciacquone. E lui farà altrettanto. Niente più sciacquone dopo aver fatto pipì. Per risparmiare acqua doveva decidere: o abolire il tè delle cinque, o basta sciacquone. Scelta ovvia, niente sciacquone. Lui ha smesso di usarlo da ben quindici mesi. Per dare il buon esempio.

Né lui né tutta la sua famiglia, eh? Hanno la catenella del water immobile da ben quattrocentocinquanta giorni. Io mi immagino sua moglie. Sarà alla canna del gas. Starà facendo la danza della pioggia sul balcone. Perché pare che lui abbia permesso a lei e ai figli di tirare l'acqua solo dopo tre bisogni pesanti. Altrimenti nisba.

Ken? (Il sindaco di Londra si chiama Ken, come il fidanzato della Barbie, quello completamente piallato sul davanti, piatto e sigillato, e quindi già avvantaggiato in partenza.) Comunque, dicevo. Ken? Ti scoccia se ti do un consiglio? Già che ci sei, esagera. Guarda, la regola potrebbe essere questa: finché si riesce a richiudere il coperchio del water senza forzare, l'acqua non si tira.

Si tira poi una volta sola a Natale. A mezzanotte. Si

canta tutti insieme e si tira. *We wishhhhhhhhhh* (sciacquone) *you a Merry Christmas…! We wishhhhhhhhhh* (sciacquone) *we wish!!!*

L'articolo non dice se in Inghilterra a questo punto hanno anche vietato i lassativi. Sarebbe il minimo… Ken? Guarda, spiace fartelo notare, ma se sei in vena di risparmio ecologico ci sarebbe da fare a meno anche della carta igienica, che per farla tagliano gli alberi. Ti dico alcuni modi per non usarla mai più? Allora: il modo classico è il bidè. Ma ovviamente a Londra non si può fare, *ça va sans dire.* Altrimenti si può optare per i biglietti del treno, la carta delle caramelle, i muffin…

Comunque io la trovo una bella idea.

Vedi gli inglesi come son pragmatici? Potremmo far così anche noi in Italia. Risparmiare sull'acqua degli sciacquoni. Le donne faranno un po' più fatica, ma i maschi italiani non dovranno fare nessuno sforzo. Loro lo sciacquone non lo tirano mai, lasciano sempre sul fondo quell'acquetta color canarino, quel mestolo di consommé, quella palude color Glen Grant. Pensa se anche Veltroni, o Chiamparino, tirano fuori un'idea del genere. Sai che festa per i maschi? Che possono finalmente farla e lasciarla lì per legge a stagionare come nelle botti di rovere! Lasciarla affinare in barrique. A questo punto si potrebbe anche evitare di tirare su la tavoletta.

È un risparmio di energia anche quello. Lasciate chiuso il coperchio e fatela direttamente sull'asse, puliamo noi, poi, con lo Scottex, così l'acqua non si consuma per niente.

MI-TO

Notizia di cronaca. Han beccato l'amministratore delegato della Telecom che andava in autostrada a trecentoundici chilometri all'ora dalle parti di Novara. Quando i carabinieri l'han fermato lui ha dichiarato: "Andavo a trecentoundici chilometri all'ora perché volevo provare la Porsche". E i carabinieri gli han risposto: "Bravo. E noi volevamo provare l'autovelox". E gli han fatto trecentocinquantasette euro di multa e in più gli han ranzato via dieci punti dalla patente. Certo che potevano chiudere un occhio... uno della Telecom bisogna capirlo... è abituato alle connessioni veloci... avrà avuto l'ADSL inserito nel motore. Comunque io sinceramente la multa non gliela avrei data. Al contrario. Gli avrei dato una coppa. Uno che va a trecentoundici chilometri all'ora in un'autostrada italiana non lo stanghi. Gli chiedi se il prossimo anno ha da fare, gli presenti Briatore, prendi Schumacher e lo rispedisci in Germania a vendere i crauti col carretto a pedali. Senza contare che per arrivare a Novara sarà passato per la Torino-Milano... E allora vuoi non premiarlo? Sulla Torino-Milano puoi andare al massimo a sei all'ora. Ma se ti va di lusso. Fai prima a scendere dall'auto e spingerla a mano, così risparmi pure i soldi della benzina. I sorpassi ti conviene farli a piedi che fai prima. Quella non è più un'autostrada. È un intestino coi diverticoli. Una pista da bob. Un budello con le sponde come quelli che si fanno in spiaggia per giocare con le biglie. In confronto alla Torino-Milano la Costiera amalfitana è un rettilineo. Sulla Torino-Milano ci son talmente tanti cantieri che bisogna viaggiare come Oler Togni, con la macchina in bilico sulle due ruote. Ogni due metri c'è un cambio di corsia. Che devi scegliere se stare dietro a un TIR, e farti cadere i maroni come i cachi a novembre, o prenderlo di frontale. Senza contare che se ti va di sfiga, e parti dopo le nove di sera, ti fanno uscire dall'autostrada e circumnavigare il Piemonte. Ti fan passare per i boschi, in mezzo ai rovi, come Indiana Jones, nei sentieri dei nidi di ragno, senza uno straccio di cartello. Conosco gente che è uscita a Santhià ed è finita a L'Aquila. Da qualche giorno ti fanno addirittura uscire e passare da Aosta. Così incontri gli stambecchi che ti offrono la polenta. E in più ti fanno pure pagare la tratta extra. Loro si son difesi dicendo: "Eh, ci dispiace, ma noi dobbiamo fare i lavori per migliorare il servizio, dove li prendiamo i soldi se non dai pedaggi?". Amici di Maria? Vi è per caso esondato il cervello? Ma quella strada lì è roba vostra. Non ci piove che i soldi dobbiate sganciarli voi. Ma secondo voi quando un imprenditore ristruttura la propria azienda fa pagare i dipendenti? Allora facciamo così. Noi paghiamo ma poi voi ci fate soci dell'autostrada. Un po' di buonsenso, please. Noi non possiamo pagare fior di quattrini per viaggiare in una mulattiera alla velocità di un triciclo, rischiando di spetasciarci ogni due per tre. Se la Torino-Milano è una risposta a Eurodisney, allora dateci qualcosa in più. L'ottovolante e l'autoscontro ce li avete messi, adesso vogliamo almeno la canna da pesca col gancio, le papere di plastica e lo zucchero filato.

L'imbefanimento

E intanto il tempo se ne va e non ti senti più bambina... le calze a rete han preso già il posto dei calzettoni. Così cantava Celentano. E così mi sento io, anche senza calze a rete e con una collezione di gambaletti da far invidia a Candy Candy. Rimane un'esperienza traumatica, quella dell'imbefanimento. Dei mostruosi segnali ti dicono che le cose stanno cambiando e non sei più la splendida diciottenne che eri ventidue anni fa. Solo a dirlo mi si blocca la salivazione. Le nostre madri non si ponevano il problema. Scavallati i quaranta, si madameggiavano senza colpo ferire. Tailleur, décolleté mezzo tacco, cofana e filo di perle. Di metter su qualche chilo in più non gliene importava nulla. Anzi. Meglio un piatto di spaghetti in più che un mezzo centimetro di girovita in meno. E chiamale sceme. Ora noi non ci diamo pace. Siamo state ragazze dall'ombelico all'aria, tetta al vento e coscia al sole? Benissimo. Anche se la befanaggine bussa alla nostra porta noi facciamo finta di non sentirla. E quando i ragazzetti sull'autobus ci lasciano il posto a sedere ci giriamo all'indietro per vedere se si stanno rivolgendo a qualcun altro. E se il braccino s'ammoscia e fa l'effetto ala di pipistrello? Pazienza. Vorrà dire che saluteremo come la regina Elisabetta, con giochi di polso.

Hai voglia a far palestra. Perché con le macchine diaboliche rassodi il bicipite che è quello che sta sopra. Ma la poltiglia di sotto rimane della consistenza del passato di verdura. A cosa ci serve quel chilo di pappetta? Se avanzava del materiale ci potevano fare quattro tette, invece di due. Almeno i maschi si divertivano di più. E se anche la palpebra inesorabilmente cede alla forza di gravità? Faremo in modo di tirarla e stenderla come pasta sfoglia pur di disegnarci sopra con l'eyeliner. Facciamo bene? Chi lo sa. L'importante è non risultare ridicole. E il rischio è in agguato. Il jeans attillato, per esempio. Superati i trentacinque, diciamolo, nella donna il culo prende il sopravvento. Diventa un organo preponderante nella mirabile orchestra del corpo umano. E fasciare la chiappa di jeans aderente, che non sfina ma esalta, è un'immagine che non vorremmo vedere. Hai un bell'accompagnare lo sfacelo col tacco alto. Culacchiona eri e culacchiona rimani. E anche l'escamotage della lampada lascia un po' il tempo che trova. Anche se prendi il colore di un soprabito di renna e ti vesti da squinzia, le veline sono un'altra cosa. Altro segnale pericolosissimo di invecchiamento è il cambio di rotta negli argomenti di conversazione. Prima si parlava di tutto. Ora sono due i temi che sgomitano per ottenere il primato nel minutaggio delle chiacchiere: le malattie e i contributi previdenziali per la pensione, cose di cui ci siamo sbattuti per anni. L'esplorativa era una cosa che faceva Indiana Jones, mica uno alle soglie della pensione. E le malattie? Per anni abbiamo creduto di essere immortali e adesso dibattiamo con piacere di artrosi cervicale, che è un malanno comune e tutti possono dire la loro, di gastrite, emicrania a grappolo, prostata e caduta del capello. Segue a ruota come tema il mutuo, poi le tasse, poi lei che non te la dà e lui che non te la chiede, la macchina in leasing, e per finire le ferie alla pensione Miramare che è un posto semplice ma si mangia bene e non c'è casino. Io dopo l'ultima conversazione di questo tipo sono uscita di casa e sono andata a comprarmi i biglietti del concerto di Marilyn Manson.

Tutto questo è beautiful

Ma smettila, dai... tutto questo è beautiful. Molly mette su la gran piva di tutte le pive. Sarai mica invidiosa? "Secondo te?" Secondo me no. "Secondo me sì, invece." Cioè vuoi dirmi che tu ti saresti volentieri sposata con Totti, Zambrotta e Del Piero? "Certo. E anche con Crespo, Bazzani e Garetto." E chi è Garetto? "Quello che c'ha la carrozzeria sotto casa mia. Un manzo fradicio di soldi." Che anima bella che sei... "Che cos'hanno quelle cinque galline che io non ho?" Be', son fighe. "Perche io no?" No, Molly. "Quanto sei cretina. Guarda che la bellezza è una roba che viene fuori da dentro." Come i rutti, certo. "Io c'ho soprattutto eleganza, stile." Da matti. "Be', questo capetto è all'ultima moda. Uno scamiciatino giallo tipo bouclé che mi sta da dio." Vista da lontano sembri impanata. Sembra che tu ti sia cucita addosso una milanese. "Guarda 'sto golfino cosa non è." L'hai lavato tu? "Yes, perché?" Si sente. Sembra fatto di peltro. "Sei una delle menti più stupide di questo pianeta." Oggi sei in vena di complimenti. "Accidenti, sono stufa di questa vita da scapola. Eppure mi sembrava che Tito fosse quello giusto." Chi? Il sardo? Quello alto come un mobiletto sottolavandino e pettinato come Mal? Quello che ti aveva conquistato col suo romanticismo? "Sì, all'inizio."

Cioè tre giorni fa. Quando ti aveva detto: "Vorrei essere il tuo reggiseno...". "Esatto. Mi ripeteva anche che avevo dei deliziosi piedi a mandorla." Ma non erano gli occhi? "Io c'ho i piedi. Sempre lì a sottilizzare." E poi? "E poi niente. A letto è una frana." Addirittura. "È caliente quanto un orso polare." C'ha qualcosa sotto l'ombelico? "Ma va'... niente... calma piatta. Bonaccia. Quando lo accarezzo da basso gli si rizzano i capelli. Capisci? Il fenomeno contrario." Uh, per carità. Rispediscilo al mittente senza ricevuta di ritorno. Dileguati. "Chissà quando potrò anch'io mettere il vestito bianco." Tanto tu non puoi metterti il vestito bianco, Molly. "Perché?" Ma come perché. Perché l'hai data via *sans frontières*... l'hai data via come il granturco ai piccioni di piazza San Marco. L'hai data via come le casse di minerale ai profughi. C'è stato un via vai lì sotto che neanche nella piazzetta di Capri a Ferragosto. Guarda. Ti concedo un vestito color topa di Londra. Niente di più. "Il cappello però me lo posso mettere?" Volendo. "Mi piacciono quelli con la veletta." Tipo zanzariera. Io preferisco quelli a tesa larghissima con su appuntato un fiore spampanato di seta puuuura, con la u di scuuuusa. Sai che mia zia è una fuoriclasse dei matrimoni. Si fa fare tutto abbinato. Borsa, scarpe e cappello. E siccome è una lungagnona di un metro e ottanta, quando è nelle nuance del verde somiglia a un sedano, quando è in quelle del rosso a un peperone di Carmagnola, e in nero a una stringa di liquirizia. "Solo che io e te che siamo di razza bassotta con i cappelloni a tesa larga rischiamo di somigliare a funghi. Ma di due specie diverse." Sentiamo. "Io mi sento tanto una porcina reale." Strano. Io invece ti vedo tanto amanita. Velenosa e falloide. "Zitta, garitula."

Niente mimose ma opere di bene

Anche quest'8 marzo è passato in cavalleria. Non ce ne saremmo manco accorte non fosse stato per quel leggero giallino che ha colorato la giornata. Il mio orango non ha fatto una piega. Anzi. A pranzo vedendo tutte le mimose sparse per casa mi ha detto: "Cacchio, ma era la festa della donna?". No! Ho preso un franchising dell'Interflora, pirillo. Io sono della scuola di pensiero del niente fiori ma opere di bene. Mi piacerebbe per una volta essere festeggiata per sottrazione. Rivolgo un appello a tutto il genere maschio. Amici di Maria, invece di regalarci cose e portarci fuori a cena, alleggeriteci la vita. Toglieteci anche solo una delle dieci milioni di cose che noi facciamo per voi. Per esempio, imparate una volta per tutte dove stanno le cose nella casa. Piantatela di rintronarci di domande. Ma posso io sentirti tutto il giorno chiedere: "Dov'è l'aspirina?" "Dove hai messo lo schiaccianoci?" "Dov'è finito il martello?". È qui, amor mio, il martello, qui tra le mie mani e ora lo uso per spaccarti una rotula. Com'è possibile, cervello di tufo, che ricordi nome, cognome e numero di telefono di tutte le tue ex e non sai dove teniamo lo zucchero? Ti devo tatuare una piantina della casa qui sul polso con indicato il posto di tutti gli oggetti? Posso io sentirmi dire: "Dov'è il prosciutto?".

Ma secondo te dov'è il prosciutto, razza di pisquano col cervello che va a nafta? Nella scarpiera? Che mistero profondissimo la mente dell'uomo. "Dove hai messo le mie mutande?" Lì, dove sono sempre state nei secoli dei secoli. Nel secondo cassetto. "Non ci sono." Ma come non ci sono. Si sono smaterializzate nella notte? Eh certo. Il secondo cassetto si conta dall'alto non dal basso. "Ah sì? Ma quando vado al primo piano mica salgo con l'ascensore fino all'ultimo!" Quando parte il ballarò è finita per sempre. Altra sottrazione. Andate voi a comperare l'acqua. La donna ormai è rassegnata. Si carica come una cammella sulla gobba le sue borse della spesa e mastica amaro. Quello che la fa proprio ammattire, che la fa uscire violentemente di senno, è la confezione da sei bottiglie d'acqua minerale. Quella che ti sega in due le falangi e ti costringe a camminare struppia come il gobbo di Notre-Dame. Quella che ha il nastrino di scotch che o ti si incolla alle dita, o te le spezza o si spezza lui e sei costretta a trascinare il mattone di plastica coi denti o peggio ancora a spingerlo a calci. Ci consumiamo il velopendulo a dire: "Ricordati di comprare l'acqua". E loro: "Sì". Perché non dicono no. Dicono un sì chiaro e diamantino come faceva Morandi quando suo figlio gli tambussava i maroni chiedendogli: "Me lo compri papà". Ma poi si fa sera e si fa mattina. Di acqua non c'è traccia. In frigo è rimasta una lacrima di gazzosa. E allora prendendo la pazienza al lazo ribadiamo: "Ricordati l'acqua". "Sì." Ultimo giorno. Si cena con la lingua felpata bevendo acqua del rubinetto con quel delizioso retrogusto di candeggina e più calcare delle rocce carsiche. E allora scendiamo noi. Andiamo al super e compriamo la dannatissima acqua. Due confezioni. Ma mica per spregio. Solo per bilanciare lo sciancamento.

Il buco nel calzino

Ohmammamia. Un altro bel dilemma mi dilania. Questa volta l'imputato è il calzino. Il gambaletto termico, il benefico calzerotto di lana che ti scalda le estremità quando l'inverno bussa allo stivale. Quando giunge il momento di buttarlo? Quando, amiche mie, il destino ci segnala che è scoccata l'ora X e la trista mietitrice di calzini con la sua falce è arrivata a portarselo via? Un tempo questo problema non si poneva perché si tramandava da nonna in madre, da madre in figlia la sublime arte del rammendo. Il ditone scavava il bucone? No problem. La massaia solerte si metteva lì con ago, filo, ditale e uovo di legno e rimediava al danno ricamandoci sopra una piccolissima toppa fatta di fili intrecciati. Un microtappetino persiano. Una minuscola piastrellina di fili colorati di solito mai della stessa tonalità. Adesso noi siamo donne al bivio. Oscillanti tra la tentazione del rammendo e quella del buttaggio. A volte però è un peccato. Magari il calzino ha solo un buco minuscolo. Basterebbe, che so, un po' di pongo, un coriandolo di nastro adesivo, un microtappo di sughero. Molly, che possiede un alluce che è una sciabola ed è in grado di bucare anche le scarpe di camoscio, quando si trova in ambasce gli spara due punti con la pinzatrice. Trac trac. Ma lei non fa testo, da anni pratica l'arte dell'orlo con lo scotch, cosa vuoi star lì ancora a disquisire. Io non so rammendare. C'ho provato una sola volta e mi è venuto una specie di bugnone, un puciu, tipo uno chignon fatto di calzino. Insomma: uno strazio. Ma non finisce qui. E quando il buco non c'è ancora? Quando si forma quel trasparentismo, quella radura, quella filigrana sottile, quella maglia di colino, foriera di fine imminente, che fare? Si sa che dalla filigrana non si torna indietro. E allora come comportarsi quando rimangono ostinati dieci fili intrecciati che ricordano tanto le sbarre di un carcere, e imprigionano l'alluce come facevano le stesse con Silvio Pellico? Continuare a camminare col calzino moribondo fin quando l'alluce non sbuca grattando contro la scarpa, oppure optare per una dignitosa eutanasia? Perché col collant è diverso. Lo puoi sempre riciclare. Mettendolo in testa per fare le rapine oppure utilizzandolo nell'orto per legarci le piantine dei pomodori. Io non capisco. Siamo andati sulla luna, stiamo studiando le cellule staminali, abbiamo clonato addirittura una pecora da una pecora, possibile che non riusciamo a brevettare un calzino che non si buchi sulla punta? Non è che il ditone del piede sia una trasformazione recente dell'evoluzione della specie. Ce l'abbiamo sempre avuto. Basterebbe attaccare al calzino tradizionale un portaditone, un pollice di guanto di lana. E già che ci si mette d'impegno inventarsi anche uno scaldanaso. Il mio nelle notti d'inverno si gela come un parabrezza.

La smucinatura del pacco

Oggi sono in vena di esternare. Senti. Non posso esternare? Esternano tutti, e chi sono io? La figlia della serva? Leggi i giornali. In questi giorni non c'è politico che non esterni. È tutto un esternìo. Chiunque abbia una cosa da dire, fosse anche un'enorme cazzata, una minchiata colossale, la dice.

Ma le avete mai viste le dirette da Montecitorio? Fan paura. Parlano sempre tutti insieme, si interrompono come alle assemblee di condominio, tirano su i cartelli, fanno cori da stadio... Una caciara che non ha fine, e noi paghiamo. Perché, ricordo, noi paghiamo. L'altra sera in TV facevano vedere la discussione in Parlamento, io ero in cucina e pensavo che Davide guardasse il wrestling. Addirittura si sono messi a fischiare.

Fischiano. Capite? Quelli che ci governano si fischiano... Ma non succede in nessun altro posto di lavoro. Prova a fischiare mentre parla l'amministratore delegato della tua azienda... O al collegio docenti quando parla il direttore... Non hai ancora finito il pernacchio, sei ancora lì con le labbra a trombetta e sei già in mezzo a una strada.

Quelli sono i nostri dipendenti. Dovrebbero prima o poi ficcarselo in quella testaccia dura. Siamo noi che li paghiamo. La devono smettere di fare 'sta bagarre. Se fossero gente tosta dovrebbero fare una legge che permetta ai cittadini di licenziarli se fanno gli imbecilli. Ma subito. Fischi? Fai i cori? Interrompi, insulti? Io, cittadino che ti ho votato, ti licenzio. Non ti piace una delibera? Va bene, non votarla. Non ti va bene una cosa? Alzati, per piacere, e dillo, ma con belle maniere. Altrimenti quella è la porta dell'emiciclo. Anzi. Ce ne sono tre o quattro. Ti faccio anche scegliere quella che preferisci, basta che tu esca.

Manca solo che ci sia quello che se non gli piace una cosa si prenda i testicoli in mano e mimi la spremuta.

Perché gli uomini hanno anche un po' 'sto vizio. Quello della smucinatura del pacco. Tu parli e loro costantemente, ininterrottamente si sistemano… e di qua, e di là, e dove lo metto, e non si sa, e poi ti dicono: "Eh, ma tu guardi…". Ma certo che guardo. Vedo uno davanti a me che mentre parlo di problemi del condominio e della caldaia da cambiare si sistema il volatile, suona le nacchere… Uno che sembra che stia scegliendo i pomodorini Pachino al mercato, se lo pizzica come fosse un contrabbasso. Guardo sì. Mi sembra che stia manipolando il pongo. Guardo. Sì. Ti stai sprimacciando da mezz'ora l'idrante. Rimesti come se dovessi estrarre i numeri del Lotto. Guardo sì. Ma mica perché sono interessata al contenuto delle tue braghe, amico ciliegia. Guardo perché voglio vedere come va a finire 'sta telenovela… 'Sto poveretto sbattuto di qua e di là alla fine troverà una location? Abbiamo trovato una sistemazione per tutti, troviamola anche per lui. Magari provvisoria. Cos'hai lì negli slip? Un rave di formiche rosse? Ti è scivolata della paprika? Ci sono anche quelli che invece di rimestare, di fare del junglage, tirano. Come fanno i campanari con le campane. Sdan sdan sdan. Oppure schiacciano. Se lo spremono come fosse un clementino. Prit. E alla fine, dopo tutto 'sto movimento, tutto 'sto impastar di grissino, ti dicono: "Arrivederci..." stringendoti la mano. Con quella mano. Che poi sono gli stessi che d'estate girano sul bagnasciuga con il costumino di lycra attillatissimo per mettere in risalto il grande cocomero, il grappolone delle meraviglie. Ma verrà il tempo della vendemmia.

Io ho anche pensato: magari questo smucinamento del maschio ha un significato ben preciso, quasi metaforico. Cioè significa: "Parla parla, tanto io me ne sbatto allegramente le...". Eh, ma se così fosse, cioè se fosse la rappresentazione fisica di un atteggiamento mentale, allora ragazzi fate sul serio. Sbatteteveli veramente, ma con una mazza da cricket, con un martello da carpentiere, con un acchiappamosche. Così noi capiamo e non ci lamentiamo più.

Il grande autunno del bulbo pilifero

Oggicomeoggi (tutto attaccato, come lo dice mia suocera), si sta diffondendo a macchia d'olio tra la popolazione maschia la moda della testa rasata. Della capoccia levigata. Qualche anno fa i pelati si contavano sulle dita della mano di Topolino. Saranno stati quattro al massimo: Yul Brynner, Kojak, Curzi e Taddeo, il personaggio dei fumetti con la testa a forma di lampadina. Da qualche anno, invece, la tendenza al rasaggio ha preso piede ed è diventata la panacea assoluta al tremendo mal del maschio: la caduta del capello. Problema, almeno quello, squisitamente maschile. Alle donne i capelli non cadono di botto. Le donne se li strappano con tutta calma con la spazzola, se li bruciano con la permanente, se li sfibrano con le tinture, oppure se li staccano direttamente dalla testa appendendoci delle estenscion lunghe e pesanti come liane. Gli uomini no. Loro vivono sereni con la testolina ingombra di pelo fino ai vent'anni e poi paf... la scoppola del destino che dal rinculo gli fa cadere i capelli di colpo. E comincia così il grande autunno del bulbo pilifero. Ormai la maggior parte dei nostri feroci saladini vive la giovinezza nell'incubo di restare calva. Incubo che, io ve lo dico, mettetevi il cuore in pace, nel novantanove per cento dei casi si avvera. Si potrebbe a questo punto pensare che il mondo dei maschi si divida in due categorie: i calvi e i Cocciante. I Galliani e i Branduardi. I Napi Orsi Capi e i Mister Magoo. Invece non è così. Tra i pelati e i non pelati fa capolino una terza categoria: gli spelati. Gli spelacchiati. Quelli che sono nella fase di passaggio. *En train de*. Che vivono la lacerante perdita e hanno in testa il manto rado dei gatti randagi. Io è a questi che voglio parlare. Alle vittime del disboscamento. A quelli che non hanno più delle righe ma dei sentieri. Peggio. Delle strade maestre del non ritorno. E sulla cima del capino delle piazzole d'emergenza. Delle chieriche imperiali. Quelli a cui i capelli si ritirano, come risucchiati dalla marea, scoprendo fronti, tempie, e cocce levigate. Buoni omini, rassegnatevi. La fine è imminente. Non buttate il capello in avanti, ad alga di ruscello sospinta dalla corrente per coprire la radura. Non riportatevelo a tortiglione sulla capoccia che alla prima bava di vento si impenna come la cresta di un gallo cedrone. E soprattutto lasciate perdere le lozioni. Amico, rifletti: secondo te, se ci fosse in commercio un prodotto che fa crescere i capelli, Berlusconi si sarebbe fatto il trapianto? No, sublime pirla che sei, li avrebbe lunghi sino alle caviglie, lunghissimi come quelli di Raperonzolo. E allora tesoroni siate lucidi e obiettivi. Troppi capelli desaparecidi? Le perdite pilifere si fanno così ingenti da sfiorare la catastrofe naturale? La vostra è una tragedia senza scampo. Non state lì a bamblinare. Rasatevi e chiuso il dibattito. Andate sereni per il mondo e siate felici. Avete difetti ben peggiori della calvizie. Ve lo dico col cuore. A noi donne non importa che l'uomo abbia o meno una cotenna di porco sulla testa. Guarda il commissario Montalbano che bel ragazzo. Peccato che sia pelato.

Il pillolo

Volete sapere come la penso? Tutte balle. Provo a essere un po' meno diretta? Niente di attendibile. Soprattutto perché è la classica notizia che a volte ritorna, come gli zombi, il mostro di Lochness e Tremonti. La novità è la seguente: hanno inventato il pillolo. Un'altra volta. Il pillolo, yes, il leggendario contraccettivo maschile, che dovrebbe finalmente restituirgli la pariglia e rendere possibile l'alternanza democratica nel controllo delle nascite. Un anno io, un anno tu, mia adorata metà della mela, bim bum bam, alle ventitré questa volta tocca a... te, caro il bel gigugin. Tanto io non mi fido. Sarà sicuramente un "pluf", come dice mia mamma che sostiene che il suono "flop" onomatopeicamente non dia abbastanza l'idea di un buco nell'acqua. È dagli anni Ottanta che ci trifolano l'anima con 'sta storia del pillolo. Nel frattempo noi pulzelle continuiamo bellamente a imbottirci di pillola e a coprirci di ostinatissima cellulite, a farci impiantare spirali di plastica nella pancia come installazioni uterali semipermanenti, a incerottarci le cosce sclerando sotto la doccia, a intrufolarci a mano libera quello scodellino del chinotto che chiamano diaframma, a imprecare contro Ogino e contro Knaus e i loro stramaledetti calcoli, a ravanare da basso col termometro o se siamo più tecnologiche con il computerino "Persona" facendoci alle sette di mattina regolarmente, tutti i giorni, la pipì sulle mani nel tentativo di centrare lo stick. Questa volta però sembrano convinti. Ma già partiamo col piede storto, come direbbe la Molly. Tanto per cominciare male fin da subito 'sto benedetto pillolo non è affatto una roba che si mette in bocca e si tira giù con un sorso d'acqua. È una puntura. Quindi sorge già un problema di definizione. Se è un'iniezione, santo cielo, perché la devi chiamare pillolo? Chiamalo "punturo" al limite, se ci tieni tanto a dargli una connotazione maschile, se sei così fissato che iniezione ti sembra una parola troppo femminile. Insomma. Una puntura che si fa ogni otto mesi e comincia a fare effetto dopo sedici settimane rende l'uomo sterile per ventitré mesi, e dopo lo fa tornare bello fertile di nuovo che può ricominciare a saltarti sulle piume e ripopolare il pianeta se ce n'è bisogno. Che dio lo perdoni. Fino a ora è stato sperimentato solo sulle scimmie e ha funzionato. Da qualche mese si è passati all'uomo e posso ragionevolmente pensare che se è stato efficace per gli scimpanzé lo sarà anche per il maschio umano. D'altronde le differenze sono davvero minime. E poi una fondatissima perplessità mi rimane. È altamente improbabile che i nostri mandrilli si lascino fare una punturina così senza fiatare, di loro sponte. Quelli appena vedono una siringa scappan via come leprotti. Già quando devono fare l'anestesia dal dentista svengono sulla poltrona o battono delle sonore craniate piombando sul pavimento dell'ambulatorio durante l'esame del sangue. Figurarsi se si prendono la briga di autoinfliggersi una pena. Altro che pillolo e pillolo. Ma quando mai. Toccherà sempre a noi scamazzarci il fisico che nulla vale al confronto delle loro deliziose chiappe.

Le grandi donne fan gli scatoloni

Comunque 'sto Napolitano c'ha proprio la faccia da presidente. Alto, la fronte che è un posteggio, l'aria di uno che la mattina sotto la doccia invece di canticchiare "voglio cantare come Biagio Antonacci", ripassa la coniugazione irregolare di *fero fers tuli latum ferre*. Vedendo Napolitano non diresti mai: "Secondo me questo qui fa l'antennista". Oppure: "Fa l'uomo immagine nelle discoteche". L'unica cosa che pensi è: "Questo è uno da Quirinale". Certo che sarà dura per lui. Ma son sicura che una gran mano gliela darà la moglie, la signora Clio, che c'ha il nome di una piccola cilindrata ma deve essere una tosta. Con una solida carrozzeria. Al solito. Dietro un grande uomo c'è sempre una grande donna. Che in questo caso avrà fatto gli scatoloni e preparato gli imballaggi per il trasloco. Perché, cosa credete? Saran state tutte e due lì, la Franca e la Clio, alle prese con gli scatoloni. Una per partire e l'altra per entrare. Con le ascelle già un filo alte di temperatura. Mentre i due, i maschi di casa, il Giorgio e il Carlo Azeglio, saran stati tutto il giorno al telefono a banfare: "E bravo tu", "No, bravo tu", "E complimenti", "Complimenti a te", "Stringiamoci a coorte l'Italia chiamò", "Sì". Il tutto mentre le due poveracce imballavano i frullatori e le scope elettriche. Io me le sono immaginate quando si sono scambiati le chiavi del Quirinale. I maschi avranno passato il tempo a cercare di staccare il portachiavi dal mazzo mentre loro due saranno andate in giro come api impazzite a spiegarsi le cose. "Clio, la manopola del contatore del gas è questa, l'altra non la toccare che fa partire i missili..." "Clio, per la zanzariera è presto, mettila poi a giugno" "Franca? Come si fa per la raccolta differenziata? C'è un bidone per l'umido nel cortile del Quirinale?" "No, devi caricarti tutto in macchina e farti due isolati, sono anni che dico ad Azeglio di occuparsene... Clio, se guardi sotto la tazza vedi che è scheggiata, è stato Azeglio che gli ha dato un calcio quando Castelli non voleva dare la grazia a Sofri, ma è sotto l'asse e non si vede..." Ragazze? Potevate almeno farvi aiutare dai corazzieri a cavallo che vanno avanti e indietro tutto il giorno senza combinare un tubo. Ma attente. Senza farli entrare in casa, che hanno sempre le scarpe sporche di sterco fresco.

Fiaccalo, Franca!

Hai fatto bene Carlo Azeglio. Scusa se ti do del tu, ma ormai è come se fossimo un po' parenti. È giusto che tu sia andato in pensione. È così che si fa. Anche se non farai più il presidente della Repubblica noi ti saremo sempre vicini! Ti vorremo sempre bene. Io se vuoi vengo il sabato e la domenica a farti da corazziera sotto casa. Vado avanti e indietro vestita come Rascel. L'auto blu se ti manca te la vernicio io, e se hai nostalgia di qualcuno che ti venga a rompere le palle ti mando il mio fidanzato magari una volta al mese. Credimi che in confronto a lui Berlusconi è niente. D'altronde c'hai anche ottantacinque anni. È vero che al governo ormai sono tutti anziani, sono una banda di nonni tuonati, però non è un buon motivo per frequentarli per forza. Non sono neanche in grado di fare una mano di briscola. Tu te lo vedi Andreotti a giocare a bocce? Non tanto. Tira, e va via insieme alle bocce. Pensa andare a funghi con Cirino Pomicino... Che ogni due minuti lo perdi tra le felci e lo scambi per un funghetto. O andare a pescare con Cossiga che non sta zitto neanche con le cannonate, che aveva detto che si ritirava a meditare e ora è sempre a tonsille spiegate come un muezzin. Io sono preoccupata però soprattutto per tua moglie, Carlo. La povera signora Franca. Adesso il problema sarà soprattutto suo. Che ti avrà sulle croste tutto il giorno. Tu non hai idea di cosa voglia dire per una moglie avere il marito tutto il giorno in casa che le balla sulle pantofole mentre fa il sugo. Sai che sfinimento? Io lo so come sono fatti i maschi, Carlo Azeglio. Già il terzo giorno di ferie vanno in paranoia perché non sanno cosa fare. Bamblinano in pigiama avanti e indietro senza combinare un tubo. Figurarsi quando vanno in pensione. Diventano come le mosche prima della pioggia. Noiosi. Ti ronzano intorno e fanno i morsini. Non è che mordono davvero. Dan fastidio. Ti verrebbe voglia di schiacciarli col giornale arrotolato. Ciaf. Se non ti dispiace, Charlie, faccio una piccola raccomandazione a Franca. Franca? Amica mia? Coraggio. Resisti. Tutta l'Italia è con te. Guarda. Scusami se mi permetto. Ti do un consiglio non richiesto. Se non vuoi andare alla neuro fa' una roba. Impegnalo. Dagli da fare delle cose come fanno le maestre delle elementari coi bambini esagitati. Mandalo all'assemblea di condominio. Anzi proponilo proprio come amministratore, che qualche bega per la caldaia, per la raccolta differenziata e per la perdita sul muro della cantina c'è sempre. Per lui, in confronto a quello che è successo al governo in questi anni, son bazzecole. Fagli mettere a posto il cassetto del tavolo della cucina che è sempre un casino. Mandalo a comperare l'acqua. Spediscilo a pagare le bollette alla posta. Fagli preparare il caciucco alla livornese. Portalo all'Ikea a scegliere le tende nuove. Basta che si stanchi tanto. Fiaccalo, Franca! È l'unico modo. Dai retta a noi che non siamo mai state first lady ma siamo specialiste nel mandare avanti la baracca. Ti abbraccio Franca. Ti penseremo. Sei tutte noi.

L'uomo pepiera

Dicono gli esperti che ogni giorno nel nostro mondo, nel nostro bel globo terracqueo, si compiono qualcosa come cento milioni di rapporti sessuali. Accidenti. Abbiamo il nostro bel daffarino. Quale sia l'ora più gettonata per il ciupa-ciupa non ci è dato sapere. Non credo la notte. E poco d'inverno. Motivo? Semplice. Facciamo un attimo mente locale. Visualizziamo come di questi tempi ci conciamo per andare a letto. Partiamo da noi, giovani marmottine intirizzite. Noi fringuelline ibernate. Noi abbiamo freddo. Seeeempre freddo. Taaaanto freddo. Battiamo i denti sotto la brezzolina di Ferragosto, figurarsi in pieno novembre. È un fenomeno che la scienza non è stata ancora in grado di spiegare. Mistero fittissimo. Ci cala la pressione a picco? Gli ormoni finiscono in letargo? La chimica dei nostri neuroni va a pallino? Non si sa. Quindi? Altro che il baby-doll di chiffon e piume di marabù. Altro che due gocce di parfum come la buonanima. La felpazza benefica è la nostra benedizione. Il tutone ammazza-libido con su la fantasia di nespole e kiwi che a lui sembra di dormire con una macedonia. Il tutone-felpone in pelliccia di Gabibbo orripila il maschio ma soddisfa la femmina, che così conciata raggiunge finalmente la temperatura basale di una stufa di ceramica di Castellamonte. Il mio amico Paolino mi ha detto che sua moglie va a letto talmente tanto vestita che se a lui viene voglia di fare l'amore la deve avvertire un paio d'ore prima per darle il tempo di svestirsi. Alcune, le più chic, azzardano la classica camicia da notte della nonna. Quella di lino rigido, con le iniziali dell'antenata ricamate a punto pieno, e lo smerlo sul fondo. Errorissimo. L'uomo medio schifa la camicia da notte della nonna perché gli sembra di dormire, appunto, con sua nonna, cosa che non fa più da quando aveva quattro anni e non ha nessuna intenzione di riprendere a fare. Anche il maschio in fatto di attrezzatura notturna non scherza. Il pigiama classico a striscione verticali, da carcerato, è ancora il meno mostruoso, magari con l'elastico molle che quando lui va sul balcone e si appoggia alla ringhiera gli cala lentamente e sbuca fuori il cardellino, così tutto il condominio viene a conoscenza della miseria con cui abbiamo a che fare. Ma vogliamo per caso parlare del pigiamotto attillato in puro leacril? Quello che segna inesorabilmente il pettorale concavo e la miseria del "disturbo"? Magari color castagna, a rombi beige, con l'elastico delle braghe molle, il segno delle ginocchia, e polsini e cavigliere in maglina compatta ton-sur-ton magari maròn? Dividere il talamo con il paggio di re Artù snerchia le ambizioni sessuali delle donne più tenaci. Io un tempo avevo un fidanzato che possedeva una collezione invidiabile di pigiami girocollo in puro acrilico. Certe notti mi incantavo a guardarlo. Così sdraiato, immobile, senza un muscolo in corpo, mi ricordava tanto una pepiera, di quelle lunghe, da pizzeria. Ogni tanto, si girava di scatto e sprit... faceva le scintille. E io pensavo: "Buon dio, sto con un uomo o con un petardo?".

Il tagliabrodo in peltro

Basta poco per sentirsi scemi. Basta sedersi in poltrona, impugnare il telecomando come la lucente spada di Godric e smanettare di canale in canale. È una continua sollecitazione. Oltre alle isole, le talpe, le porte a porte e le bedde matrix, una mano grande la danno le pubblicità. Facendole anch'io non dovrei parlarne, ma siccome sono politicamente scorretta e me ne vanto, due paroline le spenderei. Intanto assegno il primo premio allo spot del supermercato col marchio giallo. Quello che al posto del nome ha un grumo di consonanti. Quello dove si sente una voce fuoricampo, a metà tra l'acuto di un pipistrello e lo strillo di un gabbiano entusiasta sulla discarica, che ci informa gioiosa che: "Da venerdì 9 dicembre in tutti i supermercati gialli troverai: tornio per apicultori a soli quattordici euro e novanta, paraorecchie per muli a cinque euro e settanta, tagliabrodo in peltro a dodici euro e quaranta e dissipanebbia a soli quattro euro e sessanta". E intanto sullo schermo si avvicendano le foto di questi oggetti meravigliosi. Che però hanno una prerogativa assoluta: scatenarti il dubbio. Come ho fatto finora a vivere senza un tornio per apicultori? Mumble mumble. Com'è che non ho mai sentito l'esigenza di una sega elettrica? Ce l'ha persino Eminem, santo cielo… e io chi sono? La figlia della serva? Come posso star serena senza una saldatrice portatile, un aspiratore di foglie e una sacca porta snow-board? Ma dove ce l'ho la testa? Ma dove vivo? Premio della critica invece a tutte le pubblicità degli spruzzi. Non so se ci avete fatto caso. Da un po' di tempo a questa parte vanno di modissima i detersivi che invece di sciogliersi in acqua, polverizzarsi sulla ceramica e ingellarsi sui pavimenti, si spruzzano. C'è persino un prodottino che si spruzza sui piatti per lavarli. Mica vuoi cacciarli dentro l'acqua e smanazzare tra la schiuma? Fatti furba. Spruzza direttamente il detersivo sui piatti come fossero i vetri della veranda. Frrrt frrrt. E vedi come fai più veloce. Sì ma quanto ne consumi? A cisterne. Tu sta' zitta e spruzza, mula. E finito di spruzzare lì, spruzza sulle tende. Sì, perché c'è un altro prodottino che si usa per togliere gli odori. La tenda puzza? Non c'è problema. Vorrai mica lavarla? Sei mica scema? Se la tua tenda puzza di stantio, muffa e Camel Lights spruzzaci sopra 'sto spray e tutto sembrerà più fresco. Sul cuscino ci ha fatto la pipì il gatto? Niente panico. Per levar via l'odor di piscia basta un frrrt frrrt e il gioco è fatto. Stessa tiritera per il bagno. Dove sta, che il cielo lo benedica, seduto sul cesso ormai da anni, lo stesso cinesino che fa la cacca come un drago e poi tappandosi il naso si dice da solo: "Che odore!". E, frrrt frrrt, spruzza pure lui. Allora: intanto io voglio sapere quanti anni ha ormai il cinesino. Secondo me, a naso, espressione quanto mai azzeccata, sarà già all'università. Facoltà di Medicina, specialità Proctologia. Fidanzato con la riccona che lucida da anni la zuccheriera con l'Argentil e compagno di merende di quella manica di baluba che per bere un cicchetto di amaro tutte le volte devono sbrogliare un casino.

Prodi col tribale?

Adesso mi sente. Adesso gliene dico quattro. Molly? Ascolta. Se provi ancora a farti un tatuaggio da qualche parte giuro che ti segnalo ai servizi psichiatrici dell'ASL come caso pericoloso. "È il mio modo per sentirmi fuori dal coro." Ma se adesso sono tutti tatuati! Son tutti dentro a 'sto coro a cantar da baritoni o da soprani. Quando ero bambina io i tatuaggi se li facevano solo i marinai. Gli emuli di Braccio di Ferro con la palandranetta bianca e blu sulle spalle. Avevano i bicipiti coperti di sirene, di cuori trafitti da ancore, di nomi di fidanzate lontane che li aspettavano trepidanti mentre loro si rotolavano sotto coperta con qualche femmina di banchina. Adesso è diventata una moda che spero presto passi di moda. Guardati. Sembri una mappa per la caccia al tesoro. Due fiori di loto sui polsi, una macchia scura sulla caviglia, "è una rosa nera", sembra un carciofo Cynar, poi una fiamma sopra l'inguine che con l'aumentare della pancetta è diventata un falò, e un angelo sul fondoschiena con le ali spalancate, una per ogni chiappa. Tra un po' vedrai. Le ali cominceranno a piovere in basso e a sessant'anni il tuo cherubino colerà a picco. Gli angeli devono volare negli affreschi delle chiese, non sulle lombari. E ora vuoi farti anche scarnificare sul polpaccio il ritratto della Gioconda. "Ma allora sei cretina. Questa è la faccia di Marilyn Manson!" Be', son due gocce d'acqua. "Comunque anche tu hai un tatuaggio sulla gamba." Questa è una cicatrice, balenga. È un buco che mi ha fatto una mia compagna delle medie con un pennino da china 0,2. "Magari mi faccio tatuare il nome del fidanzato." Un azzardo vista la facilità con cui la dai via. A meno che tu non ti cerchi fidanzati tutti con lo stesso nome. "Oppure mi faccio timbrare il nome in giapponese, con gli ideogrammi." Così se non ti trasferisci a Tokyo nessuno capisce. "Vedo che mi segui." Certo. Giù per la scarpata della deficienza. Fai come Coco, il calciatore dell'Inter che si è fatto tatuare sul braccio una scritta in giapponese che significa "braccio di uomo". Gli ho chiesto se non era il caso, per dare un minimo di completezza, di tatuarsi come promemoria un po' tutto lo scheletro. "Magari mi faccio un piercing." Ancora? Ma non ti bastano? Quando passi il check in aeroporto fai suonare anche le campane di Caselle centro. Se proprio ci tieni fattelo sulla lingua. "Ma poi per dieci giorni non posso parlare." Appunto. "Sai che i tatuaggi e i piercing se li facevano già gli uomini primitivi?" Ma loro gli davano un significato. Servivano a distinguere i ruoli nelle tribù. Tu vedevi un tatuaggio, dei buchi qua e là, e capivi chi era il capo. Ma adesso?! "Pensa se Berlusconi per far capire che è il capo si mettesse un anello al naso e si facesse un bel tatuaggio sul coppino tormentato!" Secondo me se servisse a togliergli qualche grana lo farebbe. "Prodi col piercing me lo vedo meno." Ma con un tribale sul fondoschiena starebbe da dio.

L'uomo che si addormenta dal basso

Cosa sono quegli occhi in cerca di solidarietà? Con me non attacca. Posa quella fetta di panettone. "Ma sai che su Marte peserei solo ventisei chili scarsi?" Sì, ma purtroppo per me vivi sulla Terra e ne pesi ben sessantotto abbondanti. "Dovrei prendere la residenza sulla Luna. Lì sarei un fuscello. Neanche dodici chili." Senti un po' figlia delle stelle... Smetti da sola di dare i numeri o devo picchiarti in testa con il pentolino del tè? "E dire che mangio solo verdura..." Anche gli elefanti mangiano solo verdura, non vuol mica dire. "Diciamo che mangio per dimenticare." Per dimenticare cosa? Quanta fame hai? "Non trattarmi male. Sono una donna fallace. Piena di falle. E ho detto falle. Plurale femminile. Non maschile, ahimè." Molly, finiscila. "Ma la colpa sai di chi è?" Sentiamo. Tutte le volte che Molly tenta di individuare la causa dei suoi problemi puoi star sicura che una boiata la dice sempre. "È lui. Alfonso." Come volevasi dimostrare. È sempre bello constatare quanto sia cretina. "Non facciamo mai l'amore." E che c'entra? "C'entra, c'entra. Ho letto che con soli diciotto minuti di ciupa ben fatto ti sbarazzi delle calorie di una grossa fetta di torta al cioccolato. E con un solo bacio te ne bruci via ben venti tonde tonde. Capisci perché ingrasso?" E bacialo di più.

"Non ce la faccio. Mi allappa la lingua come fanno i cachi acerbi." L'effetto che fa bere dopo i carciofi crudi? "Tipo." Ah, però. "L'unica sensazione che gli suscito è il sonno. E si addormenta dal basso. Ho reso l'idea?" Perfettamente. Be', consolati. Pare che la castità vada di moda anche tra i vip. La Ricciarelli ha dichiarato di non praticare più da quindici anni. "Ma se era ancora sposata con Pippo..." Sì, però lui se ne andava in giro a baciare belle ragazze... Anche la Hunziker dice che è casta. "Si vede che con i fidanzati paranormali leggeva i fondi di caffè." È che se stai insieme da un bel po' di tempo ti manca la novità. "Eh, lo so. Si preferisce sprofondare nell'Eminflex con la coperta di lana merino in omaggio." Mi raccontava una coppia di amici, sposati da un sacco, che quando finalmente decidono di fare del ciupa ci mettono pochissimo tempo. I loro nomi in codice sono scheggia e scintilla. In meno di dieci minuti finisce la performance, preliminari compresi. "Davvero?" Sì, lui mi ha fatto molto ridere perché mi ha detto: "Ma sai, dopo tanto tempo, io so benissimo dove andare a parare. Dove ravanare. Hai presente i citofoni dove non c'è scritto il cognome ma c'è una tastierina con i numeri e tu schiacci 4-5-6 e ti si apre magicamente il portone? Con mia moglie uguale. Tric, truc fruc frac... fatto". Già fatto? Basta sapere la combinazione. "Ma è come fare la caccia al tesoro e trovare il baule dopo dieci minuti! Be', non è per niente consolante. Significa che avrò il futuro della donna cannone. Adesso faccio domanda in qualche circo. C'hai mica il numero di Moira Orfei?"

Rivergination

Senti qua. Non c'è proprio limite alla follia umana. Una modella svizzera, attraverso un delicato intervento di chirurgia plastica, s'è fatta allungare le gambe di tre centimetri. Motivo? Perché non rientrava nell'altezza delle modelle classiche. Per ora non cammina più ma è un dettaglio. Volete sapere quanto era alta prima dell'operazione? Un metro e settantadue. Pensa te. Modella? Ma ti sei lessata i neuroni col phon? E io cosa dovrei fare allora? Che nell'erba alta sparisco?! Che più basse di me ci sono solo le carote che vivono sotto terra e spunta solo il ciuffo?! Cosa mi devo far innestare io?! Un doppio femore? Tassellarmi nell'interno coscia un tubo della stufa? Farmi infilare un mappamondo al posto della rotula? Io non mi farei mai allungare. Sono orgogliosa di essere ultracorta. L'unica cosa che mi dispiace è che ho un bel seno ma purtroppo se ne accorgono solo i cani volpini. È incredibile come ormai la chirurgia plastica non abbia più confini. In America sta spopolando la rivergination. L'imenoplastica. La moda di farsi ricostruire una nuova verginità. Non sei più vergine? Mettici una toppa. La toppa sulla topa. Diciamo pane al pane. Praticamente la rivergination si fa per evitare la svalutation e incentivare la devolution. Funziona più o meno così: tu vai in America, ti ricoverano in clinica, ti dan due punti, ti rammendano come un calzino, ed esci pulzella. Nuova di pacca. Come quando vuoi vendere la macchina, che azzeri il contachilometri per farla sembrare nuova. Peccato che duri poco. L'imene non è perenne. Tranne in alcuni casi. E non faccio nomi per rispetto della privacy. Un diamante è per sempre, quello dura un attimo e poi sei di nuovo da capo. Toccherebbe rifare l'imene come le porte dei saloon. Che spingi e... oplà, si apre e si richiude. Così quello che viene dopo deve solo stare attento a non prendersi lo sportello sul naso. Il problema sarà poi cosa rispondere quando ti chiederanno com'è stata la prima volta. D'ora in poi ti dovrai segnare quando è stata la prima volta, la prima volta della seconda volta, la prima volta della terza volta... dovrai munirti di un palmare per tenere il conto. Io, se potessi scegliere cosa rifarmi, vorrei farmi spostare le tette sulla schiena, tipo zainetto, così non mi danno fastidio quando vado in moto col mio fidanzato che finisce sempre che per via di 'sta tettonica a zolle salto giù nei cunettoni. Anche un paio di orecchie svitabili non mi dispiacerebbero, che le appoggio sul comodino prima di addormentarmi così non lo sento russare. Poi una terza mano per aprire la porta quando ho le borse della spesa, e nel caso questo fosse un intervento troppo costoso, al limite un'aggiuntina di due dita per far più forza quando uso il trinciapolli. Una ruota in mezzo alle gambe così io da casa mia, che sta in salita, vado in centro in un attimo, e il retrotreno semovente. Mi piacerebbe farmi incastrare nell'ombelico il joystick delle PlayStation. Così posso muovere il didietro come voglio, lo alzo e lo abbasso, lo posso far basculare a destra e a sinistra, senza passare ore in palestra.

Tutti si occupano e nessuno lavora

"Capisci?" Capisco, Marcella. "No, invece non capisci. Perché tu di figli non ne hai." Per reggere Marcella in fase tarantolata devo fare prima otto ore di pranayama. "E dire che l'ho portata tutto l'anno dallo psicologo. E questo è il risultato. Quasi quasi chiedo un rimborso." Adesso ti calmi e mi ripeti come sono andate le cose. "Niente. Hanno chiesto a Giulietta: 'E tu bella bambina cosa vuoi fare da grande?'." E lei cosa ha risposto? "La giraffa." Mi guarda con gli occhi un tantino fuori dalle orbite. "No, dico, ti sembra normale?" "Forse la devi portare un po' di più ai giardini." Molly, ti prego, non ti ci mettere anche tu. "Ma è vero. La tiene sempre in casa. Che oltretutto, mannaggia a lei, con 'sta mania del design, è tutta un muro bianco, un divano bianco, una poltrona bianca. Sembra di entrare in un Philadelphia. Ti credo che poi la bimba dà i numeri." "La sua amichetta Gaia, la figlia dei Ramello..." Li conosco. Son quelli che hanno messo in giardino tutti e sette i nani compresa una Biancaneve a grandezza naturale che sembra un travestito. "Non interrompermi. Gaia, che è una bimba normale, non come la mia, ha detto che in futuro intende occuparsi di informatica." "Come suo padre che si occupa di tutto e non combina mai un tubo." Parole sante, Molly. Lo dice sempre anche mio zio Piero: "Oggicomeoggi tutti si occupano e *gnun ca travaja*". "Comunque stai serena. Io quando ero piccola dicevo sempre che avrei voluto farmi suora. E guarda adesso come sono messa." Al terzo mojito. "Invece quella furbetta della mia nipotina Diletta vuol fare la velina." Francamente preferisco un futuro da giraffa. "Guarda che anche fare la velina è faticoso." Eh certo. E balla sul tavolo, e vai alle feste, e fatti i calciatori. Mai un attimo di tregua. "Dici?" È l'ecosistema naturale, Molly. Il lupo si mangia l'agnello e la velina si impalma il calciatore. "E qual è l'habitat preferito del manzo da campionato?" La discoteca di Milano. I portieri li distingui subito perché hanno le mani lunghe e gli attaccanti perché ti si azzeccano al golf come i peli dei dalmata. "Però sfatiamo questa credenza idiota della gente che pensa che per lavorare nel mondo dello spettacolo bisogna a tutti i costi farsi dei giri di lenzuola. Non è vero." Taccio. "È vero o non è vero...? No, per essere sicuri che non sto dicendo una minchiata." Mi fisso la punta delle scarpe a punta. "Tu per esempio non hai mica mai ceduto a..." Non ancora. Però non sono mica fatta di acciaio inossidabile. "Ma ti droghi? Guarda che le veline in fondo sono delle ballerine come tutte le altre." Trovi? Ballano con qualsiasi cosa meno che con le gambe. Tanto coi capelli. Li sbattono di qui e di là come se ci avessero dei pipistrelli impigliati dentro. E molto coi gomiti, come quelli che suonano i piatti nelle bande di paese. E tempo un anno son già lì a farsi fotografare nude colle bretelle sui capezzoli. D'altronde i fotografi non sanno più che cosa inventarsi. Perché girala come vuoi son sempre due chiappe e due tette. La prima che invece di aggiungersi due misure di reggiseno si fa fare una tetta in più ha svoltato. Con tre tette fai bingo.

Piccole mignotte crescono

Niente di sconveniente al Gay Pride, solo allegria e colori, tette & culi in modica quantità. Quello che mi sconvolge invece è la parata di panze, lombari vidimate da tatuaggi e cosce gagliarde delle squinzie di tredici anni in vasca per le vie del centro. A me non turba un ombelico in bella vista e tanto meno credo che possa dispiacere nell'alto dei cieli come ha decretato un prete qualche giorno fa. Quello che mi perplime è l'età degli scosciamenti. Ci si infighettisce troppo presto. Una pupa a tredici anni è ancora una bambina. Perché conciarla già da velina costringendola a infiammare appetiti in un mondo già troppo adulto? Ma la colpa non è mica dei genitori. E neanche delle bambine. È degli stilisti per bambini che sfornano una moda adulta in taglie mignon. Paillettes, perline, mini ascellari e toppettini a briciola. Una moda per piccole mignotte. Ho visto con i miei occhi uno scamiciatino età sei anni con su scritto brillantinato EROTIC GIRLS. Ma se a sei anni ti vesto come una *erotic girl* a quindici anni sicuro che mi finisci a rimpolpare puttanopoli nei corridoi della RAI. Mah. È che ormai bisogna esagerare sempre. Vi faccio un esempio. Le uova al supermercato. La prova lampante di quanto noi che ci spacciamo per civiltà evoluta siamo totalmente impazziti. Fino a qualche anno fa andavi dal lattaio, compravi le uova, lui ti faceva il cartoccio con «Tuttosport», tornavi a casa con un magma di tuorli, albumi e gusci sbriciolati ma vivevi sereno. Adesso vai al supermercato, arrivi al banco delle uova e devi chiamare uno psicologo che ti aiuti a scegliere tra ottocento tipi di uova diversi. Venti metri quadri di scaffali. Ci sono quelle fresche, extrafresche, freschissime, categoria A, categoria A1 juniores, categoria B, categoria C, under 16, poi ci son quelle da bere, quelle arricchite con vitamine, le biologiche, e poi le piccole, grandi, grandissime, persino extralarge che son grosse come cocomeri e ti stringe il cuore pensare a 'sta povera bestia e al suo povero deretano. Ma come si fa a vivere in un mondo dove ci sono trenta tipi di uova? Ma fatevele voi allevatori e voi ministri le classifiche, a noi disgraziati semplificateci la vita. Intanto: che si debba specificare che ci sono le uova di galline allevate a terra, vuol dire che le altre le allevano tutte in batteria, infilate in gabbie che sembrano dei porta CD. Son galline, mica raccolte di Greatest Hits. E le uova del contadino? Certo che son del contadino, di chi cavolo dovrebbero essere se no? Del ferramenta? O vuol dire che ci sono contadini che le fanno fisicamente loro? E poi mi chiedo. Ma come faccio io a scegliere tra fresche, freschissime ed extrafresche? Le extrafresche sono più fresche di quelle fresche? E le freschissime sono più fresche di quelle extrafresche, o meno fresche di quelle extrafresche ma più fresche di quelle da bere? Ma se ci sono quelle freschissime, extrafresche e persino quelle da bere significa che quelle solo fresche fan schifo. Han già dentro un galletto Vallespluga che fa la quinta elementare. Basta saperlo.

Il preservativo con la suoneria

Una buona novella. Gina Lollobrigida si sposa con uno spagnolo di quarantacinque anni. Lei ne ha ottanta... non so se mi spiego. La tranquillità che è in grado di regalarci una notizia del genere è davvero impagabile. Auguri, Gina! Però posso dirti una cosa? Già che c'eri, potevi trovartene uno un po' meno anziano. Voglio dire: hai fatto quaranta? E fai trentuno! Perché guarda, Gina, che dopo i quaranta comincia a esserci poca ciccia e tanta prostata, tanto fumo e poca rolata. Persino quelli della LIPU dicono che i merli a quarant'anni non arrivano. Però, che mito che sei. Hai detto che è una storia di passione, ma nel frattempo hai fatto la divisione dei beni. Ci vedi lungo, Gina. A proposito di passione. In Ucraina hanno inventato il preservativo con la suoneria. Giuro. Riporto la notizia per puro dovere di cronaca. Lo metti e mentre fai il ciupa dance lui suona. La mente dell'uomo non ha proprio confini. Tu prima puoi farti con calma la tua compilation, registrarti le canzoni che vuoi sentire durante l'ardimento, che ne so... "falla girare... falla girare... affinché tutti la possano vedere...", oppure la tromba di Nini Rosso, la colonna sonora del *Postino suona sempre due volte* o addirittura *Mission Impossibol*, quando ti tocca di avere a che fare con una che non fa sangue neanche da una rapa. E sul più bello aumenta di ritmo e di volume. Parlo della musica. Quello che mi chiedo è: dove c'avrà le casse? I woofer? Ti devi portare l'occorrente da casa? E comunque. Dove te le metti 'ste benedette casse? Te le leghi sulle natiche oppure sulla schiena come un cammello? Oggettivamente è un casino. E poi le tue intenzioni non possono più essere celate. Se vai a casa da una tipa per la prima volta e arrivi con due fili che ti escono dalla bottega e due casse sotto il braccio, lei se non è cretina ti sgama subito... Comunque il preservativo che suona rimane una bella idea. Faranno anche la spirale con i videoclip di Shakira? O la pillola anticoncezionale che la mandi giù e mentre fai il tourbillon ti parte la *Primavera* di Vivaldi dai buchi del naso? Va be'. Sto esagerando. Ma la colpa non è mia. È dei giornali. Perché adesso è nata 'sta moda qua. Qualsiasi cosa succeda, anche la più piccola, la più inutile, la più insignificante, parte la giostra degli articoli sui giornali e dei servizi sui telegiornali. La Falchi e la Ripa si pestano? Presto. Articolo sul giornale e servizio al TG. Fazio e Fiorello si lamentano? Polemicona. Di Pietro e Mastella battibeccano ancora? Giù con l'inchiostro. Un gruppo di balenghi in Danimarca fa un video contro Maometto? Scoppia il casino. Ma vogliamo fare una piccola selezione? Lasciare le boiate nella loro dimensione di boiata? Non che uno fa un rutto in piazza Vittorio e tempo due minuti c'è già il pezzo sul giornale: RUTTO IMPROVVISO IN PIAZZA VITTORIO. Otto colonne più un pezzo di approfondimento sul settimanale. No, perché se andiamo avanti così ci toccherà fare dei quotidiani spessi come le Pagine bianche. Con in prima pagina MARIA SFANCULA LA COLF e l'editoriale che titola: IL CRICETO DI GIANNI MORANDI NON VA DI CORPO.

Simulazione di orgasmo

Pare che le coppie europee stiano a poco a poco perdendo il desiderio. E forse un po' anche la speranza. Non ci si desidera più. Dopo un po' che si sta insieme ci si accontenta di poco. Bacini bacetti, carezze e buffetti. Ma non basta. Una tale scrittrice inglese nota per le sue battaglie femministe, per darci il definitivo colpo di grazia, ha sentenziato che in fondo per essere felici in coppia è giusto fingere l'orgasmo. Urge una risposta. Almeno a lei. La risposta è: dipende. Dico, dipende dai casi. Se hai simulato già molto prima, tipo che hai simulato di avere il mal di testa, il mal di pancia, il mal d'orecchi e lui ancora insiste, non ti resta che farla finita e simulare anche quello. Oppure se hai da fare, il cane ha la vescica che sta per esplodere, la macchina è in divieto di sosta e ti scade una rata alla posta, allora se simuli te la cavi prima. Anche se non è affatto facile fingere. Ci vuol talento e poi dipende con chi hai a che fare. Se l'amante è uno della *Pupa e il secchione* allora è facile come rubare la lattuga a una lumaca. Quelli ne sanno di orgasmi come io ne so di astrofisica. Se invece il partner è uno sgamatissimo, che ha già fatto orgasmare a raffica paccate di donne, allora è dura. Se lui è come uno di quei gatti maschi coi testoni grossi e pieni di cicatrici che si sono passati tutte le gatte del quartiere e tu sei l'unica deficiente che deve fingere in fretta perché deve andare in tintoria a ritirare il piumone, allora ci vuole abilità. Perché non è solo una questione di grufolii e mugugni, ci sono anche delle cose fisiche, tremolii, agitazione, cuore che batte la macarena, manine che artigliano. Io avevo letto persino che ti si piegano i piedi ad angolo retto. Chi ha il nervo sciatico corto è panato. Insomma. Per fingere bene, che lui non se ne intagli, che lui non capisca, dobbiamo esercitarci nella messa in scena senza tralasciare nessun particolare. E veniamo alle esternazioni sonore. Meglio un bercio lungo, come i coyote, o tanti lamenti acuti come l'aragosta quando la fai bollire nell'acqua bollente? Non sarà meglio il rantolo tipo enfisema dopo salita in bici su strada di Superga? O ancora un unico urlone deciso alla Tarzan? O ancora un orgasmo defilippico, quello in cui mormori: "Ohmariamariamariamariamariamaria...". Va a sapere. La verità è che quando non simuli, non è che metti in scena tutto 'sto cancan. Magari fai solo un "fut", un sospiretto e morta lì. Certe volte per essere sicura che lui abbia capito devi addirittura battergli le mani come al circo e non chiedergli il bis se ha superato i cinquanta altrimenti magari ce la fa, ma poi resta tramortito come un rospo quando gela lo stagno. Quindi, hai un bel weekend tranquillo e stai con uno che si spaccia per sciupafemmine? Perfetto. Te ne stai lì placida, lasci che faccia e disfi quanto gli pare finché il tripudio, il parapiglia, il Vigorsol explosion non arriva davvero e ti partono a raggiera le dita dei piedi. Se invece sei single, ti sei portata a casa uno che ti pareva fighissimo e adesso ti sembra di fare l'amore con una pigna, fingi. Fai prima. Risparmi tempo, eviti discussioni e fai ancora in tempo a vederti l'ultima puntata di *Report*.

Che fine ha fatto la trota normale?

A me fare la spesa non piace. E ci aggiungo anche il "mi", perché l'a me mi, che i professori segnano con la penna rossa, dà meglio l'idea, chiarisce i confini, segna il giusto perimetro del mio me. E quindi: a me non mi piace fare la spesa. Non mi garba. Eppure da quando mi sono incamminata sulla lunga via della perdizione, convivendo nel peccato col mio bandolero, la spesa è una delle mie occupazioni primarie. Perché la mia metà, che a oggi è il mio esatto doppio, mangia come Shrek. Ma anche per far la spesa ci vuole talento. E oculatezza. E naso. Tutte doti meravigliose che io non possiedo. Forse manco del gene della massaia. Oppure, chissà, mi basterebbe prendere qualche lezione privata o farmi accompagnare al mercato da una massaia di sostegno. Per esempio, ieri ho comprato quattro pomodori e li ho pagati cinque euro. Sarò cretina? Mi sa di sì. "Sono Ferrisi" mi ha detto il contadino, tirandoli fuori dal bagagliaio della sua Mercedes-Benz. Ah, sono così cari perché hanno anche il cognome? Si chiamano Pomodoro di nome e Ferrisi di cognome? E cos'hanno di così particolare questi pomodori oltre al fatto che sono minuscoli come palline da ping-pong e duri come pietre? "San di pomodoro" mi ha risposto il cortese coltivatore diretto. Giusto. Gli altri, quelli enormi a boccia, san di aria, acqua e frigo. Ma 'sto signor Ferrisi, che lei sappia, non è che una volta di mestiere faceva il gioielliere e poi per non andare in rovina ha messo su una piantagione di pomodori usando lo stesso tariffario delle catenine e delle pietre dure? Mi guarda come se fossi ciula. Prendo le mie quattro biglie e mi avvio dal pescivendolo. Due sogliole, grazie. "Ecco qua. Trentacinque euro." Minchia... oh, mi scusi. "Non si preoccupi, sono di Caltanissetta, mi fa persin piacere. Sa, le sogliole sono così care perché non è stagione." Sono primizie come la ciliegia cilena a gennaio? "Brava." Grazie. Solo che io lo so quando maturano le ciliegie, ma la stagione delle sogliole, convenga con me, è più misteriosa. Mica spuntano sugli alberi, le sogliole, mica maturano in filari, mica si coltivano in piantagioni. Ho come la sensazione che non sia mai la stagione della sogliola. "Be', è sempre un pesce caro." Può dirlo forte. Che io sappia, persino il buon Gesù ha moltiplicato i pesci, ma non erano sogliole. Amen. Taglia corto. "Le do una trota salmonata." Scusi se rompo: che fine ha fatto la trota normale, quella grigia dentro e fuori? Si è per caso estinta? Il grigio non va più di moda? E poi, soprattutto, qualcuno vi ha chiesto espressamente: potete per caso inventarci una trota con l'interno rosa perché van di moda le tovaglie confetto e sarebbe una delizia abbinarci una trota della stessa nuance? Che cos'ha una trota salmonata di così diverso? Nulla di nulla. Sa di pesce, come quell'altra. E come le colorate? Con una tempera apposta per pesci? Vorrete mica farci credere che le trote si accoppiano coi salmoni mescolando le loro polpe in una notte di sesso estremo in fondo agli abissi? Mi fissa con odio. Sa, a me fare la spesa non piace. Sparare cazzate invece mi garba da matti.

Collezionabili

Magari mi faccio una capatina all'edicola. Non vedo l'ora di iniziare una nuova collezione. Son tormentata da matti. Rivivo la battaglia di Austerlitz con tre soldatini e un pezzo di cannone, oppure mi costruisco il castello di Re Artù, pietra su pietra? Certo che anche la storia degli alpini un po' mi attira. Specialmente l'idea di avere un alpinetto del 1915 in omaggio. Magari mi dedico alla scienza. Mi sa che prendo "Conoscere il corpo umano", con in allegato il kit di ossa da montare. Uno scheletro alto come Pupo. Intanto aspetto con ansia "Colleziona anche tu le sette piaghe d'Egitto", in omaggio col primo numero una manciata di cavallette, col secondo una coppia di rane e col terzo mezzo chilo di grandine. Prima o poi uscirà anche quello. E poi dicono che gli asini sono in via di estinzione. A proposito: sentiamo Molly e le sue zoppìe di pensiero. Intanto se l'apparenza non mi inganna mi pare che sia piuttosto in carne. "Se insinui che io sia ingrassata ti sbagli. Sono leggermente ipernutrita. Purtroppo son porosa. Assorbo tutto." Certo, come la graniglia. "E poi coltivo la pancia per via del corso di danza del ventre. Al villaggio c'ho dato dentro da matti. Dovevi vedermi. Una sera a forza di dondolare la sbudrega ho persin temuto che mi venisse via la prima pelle come alle trote cotte." Sei da ricovero, Molly. "Oh?" Eh. Cos'è quel ghignetto sardonico? "Mi sono impastoiata il cuore con un nuovo nibelungo." Nome? "Pompeo." Ti imploro a mani giunte. "Simpatico da pazzi. Pensa che in spiaggia faceva le pernacchie con la mano sotto l'ascella. Da morire dal ridere." Immagino. Peccato che non ci sia neanche più il *Costanzo Show*, potevamo mandarcelo. "Era anche un semiologo." Nientepopodimenoché. "Per esempio sosteneva che si dovessero ribattezzare i punti cardinali." Cioè? "Diceva che non ha nessun senso che il sud stia in basso. Lo dice la parola. Il SUD sta su." Va be'. Passiamo al prossimo punto dell'ordine del giorno. "Quindi lui proponeva un cambio. Al posto del nord il sud." E al posto del sud? "Il GIUD." Ok. Tregua. "E poi perché questa stupida consuetudine dell'ovest e dell'est?" Già. Perché? Me lo chiedo continuamente. È la domanda che mi pongo di più. "Son due parole diverse. Molto meglio: OVEST ed EVEST." Bon, vado a leggermi qualche pagina di «Chi» perché ho urgente bisogno di qualcosa di culturalmente più elevato.

I demolitori di entusiasmi

Non è semplice trovare motivi di felicità. Ma c'è un piccolo espediente per sopravvivere alla sfiga. Avvicinate il libro all'orecchio che ve lo dico: diserbate dalla vostra vita i DEMOLITORI DI ENTUSIASMI. Io li chiamo così. I demolitori di entusiasmi sono quelli che di mestiere entrano nella tua vita a piedi uniti e ti distruggono quel micron di felicità che ancora ti resta. Quelli che di professione fanno i trovatori di peli nell'uovo, categoria A freschissimo. Ma non facciamo l'errore di confonderli con i pessimisti. No, perché il pessimista una sua visione del mondo ce l'ha. Urenda, ma ce l'ha. Nera come un dark di notte ma ce l'ha. Il pessimista è uno che parte per una vacanza alle Mauritius e ha paura che arrivando là non troverà parcheggio. Il demolitore di entusiasmi, invece, è molto peggio perché non ha convinzioni. E siccome non ne ha, distrugge le tue. Il suo motto è: non preoccuparti, arriveranno tempi peggiori. È quello che ti dice: "Che bello questo taglio nuovo di capelli... peccato che non riuscirai mai a pettinartelo da sola...". Oppure, vedendoti carica di sacchi di umido, carta e vetro differenziati, ti sorride pietoso e sospirando ti fa: "Ancora ci credi? Beata ingenuità". Che distillato di odio. Una circostanza in cui il DDE è particolarmente pernicioso è la questione casa.

Per far vedere la casa nuova a un demolitore di entusiasmi è meglio prima tracannarsi mezza bottiglia di Pampero, perché in uno stato di semiubriachezza gli strali fanno meno male. Lo schifosone parte sempre con un apparente complimento: "Bello...", ma basta contare fino a tre che arriva la mazzata. Uno, due... e tre: "Peccato che...". E parte l'elenco: la facciata è orrenda, la scala è ripida, l'ascensore è soffocante, il tetto è fradicio di amianto, la cantina è umida, sotto il pavimento circolano fiumi di radon e il muro maestro c'ha una bella crepa. Sottile, per adesso, e sottolineo per adesso. Io ho un'amica così. L'altro giorno è salita in terrazza e mi ha detto: "Carino, c'è una bella vista, peccato che si vedano le gru". Eh certo. Torino è tutta un cantiere e anche da casa mia, guarda un po', si vedono le gru. Adesso telefono a Chiamparino e gli chiedo di toglierle, guardiana di oche. Non parliamo poi di quando hai la disgrazia di averceli in macchina. È una continua lamentela, perché tu, scentrata, fai la strada più lunga, con tutti i percorsi molto più brevi che ci sono. Ma ammettiamo pure che sia così. Che la tangenziale è una figatissima, perché percorri il perimetro di tutta la città dietro un TIR ma eviti cinque semafori. E se comunque a me, che sono cretina dalla nascita, piacesse fare la strada più lunga? Chettifrega. Io voglio fare questo tragitto perché c'ho i miei appuntamenti. Incontro una magnolia che d'estate, fiorita, leva il fiato, una casa antica con dei bow window che sono un sogno e un pezzettino di fiume che a una certa ora del giorno brilla come l'argento. Ma cosa lo dico a te... arido parassita, tarlo del mio gioire.

Orgasmo non pervenuto

Ma io dico. Non mi bastava la Molly? Ci voleva anche quella piaga di Rosadele. Due anime in pena. Una che dà lezioni di vita all'altra. Siamo a posto. In realtà, Rosadele un attimo intronata lo è. L'altra sera ai Murazzi uno strafatto le chiede: "Ehi? C'hai una cartina?". E lei: "Aspetta che guardo in macchina". Riemerge dai sedili e gli smolla Tuttocittà. Mi son cadute le braccia. E a Molly le spalline del reggiseno. "Mi faceva pena, era così smarrito, non deve essere uno che naviga nell'oro." Ma che ne sai? "Ne so, ne so. Un minuto prima mi aveva domandato se volevo dell'erba o del cioccolato. Capisci? Per tirare avanti è costretto a vendere fieno e gianduiotti. Poveretto..." È così. Rosadele si ostina a non guardare in faccia la realtà. La vede di traverso. Sbirgola. Adesso, in questa fase di terapia di liberazione e di apprendimento della figherìa, si issa su tacchi di dieci centimetri e dondola come un catamarano col mare mosso. Le ci vorrebbero due ruotine laterali come alle bici dei bimbi. O magari due stampelle. "Dovresti metterli anche tu i tacchi" mi rampogna Molly. "Più basse di noi ci sono solo i nani da giardino, le sorprese della Kinder e le damine di Swarovski." Pazienza. Meglio bassa che scema. "E poi è un modo come un altro per sollevare il didietro. Quello di Rosadele francamente non può neanche più essere considerato culo. Al massimo massimo un fondo nuca." Che serpe. "Dobbiamo darci una mossa. Adesso con 'sta ultima trovata della castrazione chimica le nostre chance si riducono all'osso." "E in più le donne non possono neanche farsi prete" mugugna Rosadele. "Non possono farsi prete, non possono farsi i preti e non possono farsi" puntualizza Molly. "Sai che ho letto che l'orgasmo è ancora una chimera per almeno una donna su tre? Io faccio parte delle altre due." Sentiamo Rosadele. Rosy? Come sei messa a orgasmo? "Non pervenuto." Lo sospettavo. "Sai almeno cos'è il clitoride?" "Uhmmm... deve essere un... insetto, credo della famiglia dei lepidotteri." Molly fa le pupille verticali come le vipere del Gabon. Non perdiamo le staffe. Andiamo per gradi. Hai un'idea vaghissima di cosa sia l'orgasmo? "Be', da come mi hanno raccontato, deve essere una sensazione forte, intensa, ardente, profonda, violenta..." Giusto. "Un po' come quando di notte batti forte il testone sul comodino ma non perdi conoscenza." Non proprio. "Allora come quando ti cade il ferro da stiro sul piede, o tiri via la striscia calda di ceretta e fai ahhhhhhhhhhhh." Non esattamente, Rosadele. C'è anche del godimento di mezzo. "Non sempre. Perché a volte l'orgasmo non si compie." Lascia perdere, Molly. "E lì è un po' come quando stappi la lattina della Coca-Cola e ti rimane il gancio in mano." "Tipo come quando prendi l'Alka-Seltzer e non ti viene il rutto?" Bravissima, Rosadele. "Non vedo l'ora di sperimentare 'sto orgasmo. Ma deve essere potentissimo. Voglio sentire le sirene suonare, il cielo rimbombare e le orecchie scoppiare." E allora mi sa che devi aspettare i prossimi fuochi di San Giovanni.

Don Chisciotte della mancia

Stamattina mi son svegliata col tormento. Sarà il vento. Sarà questa furia del cielo che sferza i gelsomini, sbatacchia le persiane e scechera i neuroni. Son tutta un rimuginio. Ho il cervello che fuma, fa quell'odore di bruciato da frizione in salita. Ma voi come vi regolate quando dovete dare la mancia? Io non so mai come fare. Se lascio poco mi sento un verme, se lascio tanto mi sento pirla. Tocca dire a Padoa Schioppa che stili un tariffario e ci levi dall'impiccio. Io non sono braccino corto. Tra i tanti difetti di cui è impastata la mia anima la tirchieria manca all'appello. Eppure il gesto della mancia non mi piace. Perché è un favore appannaggio soltanto di alcuni mestieri e questo è profondamente antidemocratico. Perché dare la mancia al cameriere e all'idraulico no? Perché l'idraulico si pappa già un bel po' di soldi. Giusto. Sbagliato esempio. Perché devo dare la mancia al fattorino e non all'autista del pullman che mi porta a lavorare tutte le mattine? Non è che l'autista guadagni milioni di euro in più. E poi. Io ti devo dare la mancia per ringraziarti che hai fatto bene il tuo lavoro. Ma è normale. Tutti dobbiamo fare bene il nostro lavoro. Capisco di più la mancia come ringraziamento per una cosa che non eri tenutissimo a fare. Do la mancia alla portinaia perché è venuta a bagnarmi i fiori quand'ero in ferie, alla parrucchiera che si è fermata fuori dal suo orario per farmi la piega o al garzone del verduriere che mi ha aiutato a caricare la spesa in macchina. Mi spiego? La mancia con senso, non quella obbligatoria. Perché dare la mancia al facchino che mi porta le valigie in camera? Che mestiere fa? Il facchino. Ergo è il suo mestiere. Quindi, niente mancia. Occhei, questo è un lato della medaglia. Adesso state attenti perché la giro. Le professioni che si ricompensano con la mancia di solito sono pagate poco e di questi tempi la vita è difficile. Se io ho la fortuna di guadagnare bene, posso approfittare dell'uso della mancia per operare un minimo di ridistribuzione della ricchezza. Appianare questa grande disparità che c'è tra i guadagni delle persone. Non saranno dieci euro che mi escono dal portafoglio a mandarmi in rovina. Magari la shampista, il cameriere o il facchino con una giornata di mance si possono togliere un piccolo sfizio e quindi do 'sti soldi senza stare tanto a vedere se se li sono meritati o no. Però non ci siamo levati dal gorgo. Io a questo punto avrei individuato due soluzioni definitive. La prima è: estendiamo il diritto di mancia a tutti i mestieri. La seconda: aboliamolo definitivamente. Pensiamo che la mancia sia una bella trovata? Allora diamola a tutti. Al barista che ci prepara il cappuccino col cuore sulla schiuma e al chirurgo che ci opera di prostata. Prima di entrare in sala operatoria ci mettiamo venti euro tra i gingilli con un bigliettino: "Toh, comprati quello che vuoi". Forse dobbiamo votarci a un santo protettore e chiedere a lui. Io l'avrei individuato. Per ora non è ancora proprio santo, è solo don. Ma ci stiamo lavorando. Chi sarebbe? Don Chisciotte della mancia, ovvio. E ora vorrei la mancia per una battuta così scema, grazie.

Il navigatore satellitare

Cose dell'altro mondo. Sentite qua. Pare che il navigatore satellitare in macchina faccia male. Motivo? Perché distrae l'attenzione e ti fa andare a sbattere. Bella scoperta. Effettivamente col cellulare pensi ai fatti tuoi ma almeno guardi dove vai, col satellitare devi fissare uno schermo luminoso con una matassa di righine tutte uguali, col vantaggio che scopri subito dov'è via Bratislava ma in compenso non sai di chi sia il parafango del TIR dove ti sei impiantato. Comunque, esiste tutta una categoria di persone tipo me che con il navigatore satellitare si perde. Senza navigatore gira che ti rigira, amore bello, prima o poi ce la fai. Con quello attivato buonanotte. La verità è che il navigatore non è fatto per i rimbambiti. È fatto per gli intuitivi, quelli che troverebbero la strada anche nel labirinto di Minosse. Ma per gente come me, che fino a ieri per ritrovare la via di casa sparpagliava briciole di pane come Hänsel e Gretel, è un disastro. C'è anche da dire che il navigatore satellitare è un'invenzione meravigliosa che funziona benissimo sulle grandi distanze, sulle grandi mete. Se sei a Torino e vuoi andare in Texas lui non sbaglia. La direzione giusta te la dà. Sei tu che sei un cretino, se vuoi andare in macchina in Texas. Ma prova invece a dargli un compito meno nobile. A fargli una richiesta semplice. Due più due. Tipo voglio andare da via Monferrato a via Garibaldi, che è a due passi. Ciao. Gli parte la brocca. Intanto ti chiede: "Vuoi la via più breve o quella più veloce?". Ma che domanda è? Tutte e due, razza di cretino. Chiedimi piuttosto se voglio la via più breve o quella più lunga... quella più veloce o quella più lenta... ma non mescolare i due concetti... Poi imposti la via e scopri che di via Garibaldi ce ne sono trecento. E quindi se non stai attenta finisci in via Garibaldi, però a Lugano o a Basilea. E se trovi un cantiere? Lì è la fine. Sbianca. Va completamente in tilt e mentre tu hai già oltrepassato l'incrocio decisivo ti fa: "Fare inversione a U". In una via ad alto scorrimento a quattro corsie. Certamente, che faccio inversione a U, pezzo di tolla. Così faccio da bersaglio mobile a un torpedone a rimorchio lungo dieci metri. Adesso ti do una manata e ti faccio saltar via gli ottocento euro di pixel che hai addosso. E poi continua: "Fra trecento metri svoltare a destra". Minchia quanto ti odio. Lo so io quanto sono trecento metri? No, che non lo so. Non so neanche quanto sono dieci centimetri, che me lo deve dire la merciaia in persona quando compro l'elastico delle mutande... Dimmi: "Gira all'altezza del distributore", che almeno capisco, imbecille. Non lo so quanto siano trecento metri. Che devo fare? Fissare oltre a te anche il contachilometri parziale? E la macchina? Chi me la guida intanto? Santa Mercedes e Santa Panda? Il navigatore satellitare, lo dice la parola stessa, l'hanno inventato per le navi che viaggiano in mare. Dove non ci sono i cantieri, i sensi unici e le manifestazioni. C'è solo qualche balena che se ti sente ti scansa! Per la macchina no. Con quella se trovi un corteo i casi sono due: o lo radi al suolo senza pietà oppure ti perdi per sempre.

Una tetta sotto l'albero

Ecco che arriva Molly: santo cielo che Befana. Ma dove vai? "Vado a cambiare il reggiseno che mi ha regalato quel pirla." Ma è così carino. "Infatti, è bellissimo. Peccato che non mi abbia comprato anche le tette da metterci dentro, 'sto scimunito." Molly è così. Ama con furore e odia con altrettanto accanimento. "E io che speravo mi regalasse un bonus per rifarmi le tette." Prego? "Una zinna sotto l'albero. Al posto del panettone." La guardo e non favello. "Perché? Tu non ti daresti volentieri una risollevata alle tette?" Avrei ben altre urgenze. Sai cosa dovresti rifarti tu, Molly? "Togliermi 'sti volant di cellulite." No. Rifarti furba perché c'hai provato un sacco di volte e non ci sei riuscita. "E io che sognavo un assegno per un paio di tette nuove. Un tre etti di silicone mi sarebbero bastati. Guardale. Sono scese di almeno tre centimetri, piangono come rami di salice. E poi si sono tutte svirgolate." Sarebbe? "Son disassate. Hanno perso la convergenza. Come le macchine quando prendi in pieno un gradino, toh. Ne ho una che guarda il Monviso e l'altra il Monte Rosa." L'arco alpino al completo. "Fai la spiritosa. Le donne che lavorano nel mondo dello spettacolo i ritocchi se li fanno fare tutte." Tranne me. "E infatti si vede." Be', sei in vena di complimenti. "Tra le tue colleghe van tanto di moda gli zigomi." Fino a qualche anno fa non sapevamo neanche di averceli. "Infatti. Io sapevo di avere mento, mandibola e cartilagini sparpagliate qua e là ma quegli ossi lì mi erano sfuggiti. Adesso han tutte due palline da ping-pong ai lati del naso." Due boccini. "E quei bei sorrisi naturali da maschera del carnevale di Viareggio." Vedi che vieni con me. "Vengo un attimo ma poi ritorno sulle mie. Regalarmi delle tette nuove per Natale sarebbe stato un bel pensiero." Ma certo. È come dire: "Amore, ti penso tanto e penso che mi fai schifo. Sei da rifare. Ti regalo una palata di silicone, infilatela dove vuoi". "Come sei antica!" Perché? Vuoi mica dirmi che dal chirurgo estetico ci vai per piacere di più a te stessa? Ma sparisci. Tu per piacere di più a te stessa ti fai la carbonara o ti mangi dei coni grossi così che ti cola tutto il pistacchio giù per il gomito. "Il mio mito è Bambola Ramona." Quella che ha due provoloni appesi alle clavicole? Se si china per allacciarsi le scarpe batte la fronte sul marciapiede tanto è sbilanciata in avanti. "Ora ha fatto anche un calendario." Sì, extra-large. Non sta neanche appeso al muro. Lo devi usare come tappeto. "Che invidia. Io ormai sono così piatta che volendo mi potrei faxare."

Quote rosa una mazza

Va là. Tira e molla abbiamo fatto 'sto governo. È ora che si mettano un po' a lavorare... Prima, durante la campagna elettorale, sembrava avessimo delle urgenze spaventose, tigne e rogne, razzi e mazzi, cetrioli che volavano basso e emergenze mai più finite. Tutti a dire: "Il bilancio fa pena, ci cacciano dall'Europa, e l'emergenza scuola, e la TAV, e la sanità è a pezzi". Da quando son stati eletti girano in tondo, si frullano nell'emiciclo come cocorite nella voliera. Prodi comunque ce l'ha messa tutta. Ha impacchettato e spacchettato 'sti ministeri come un dannato. Di uno ne ha fatti tre, gli altri li ha divisi in due, ha fatto taglia e incolla e ora è pieno di ministri che non sanno bene di cosa si debbano occupare. La Melandri, per dire. Adesso è ministro delle Politiche giovanili e dello Sport... Pare che stia cominciando a raccogliere le iscrizioni per la Stramilano ma non sa mica se è di sua competenza... E la Bindi che l'hanno messa a fare la ministra della Famiglia? Una che non si è mai sposata, non ha figli e sta da dio? Dà proprio l'idea di quanto sia importante la famiglia. Quando gliel'hanno detto pensava di essere su *Scherzi a parte*. Come dare il ministero della Grammatica e della Sintassi a Di Pietro. E comunque, quote rosa, quote rosa, quote rosa una mazza. Anche in questo governo la percentuale delle donne è risicatissima. Solo sei. Tutte senza portafoglio. Tranne la Turco, che ce l'ha. Solo perché è ministro della Salute, e se deve comprare le aspirine e i cerotti senza ricetta non glieli danno. Forse adesso daranno un portamonete piccolo per i centesimi alla Bonino. Quelli da taschino. E una carta prepagata del cellulare. Alle altre niente portafoglio. Niente carta di credito. Niente bancomat. Non si fidano 'sti balenghi, a noi donne non danno neanche i soldi sfusi da tenere sparsi nella borsa. Manco un biglietto da cinquecento euro da piegare a fisarmonica e infilarlo tra le tette. Ma diamoglielo 'sto portafoglio alle donne, che sanno spendere meglio e sanno risparmiare, che con quello che un ministro maschio spende in tre mesi noi andiamo avanti una legislatura! 'Sti politici han fatto uguale ai nostri mariti a casa... "Rosy? Emma? Giovanna? Andate pure a farvi un giro in centro, se vedete qualcosa che vi piace passiamo poi insieme un sabato di questi..." Siete orrendi! Ministre? Fategliela vedere, in senso buono. Fate così. Quando dovete comprare qualcosa che riguarda il vostro ministero, sbattetevene. Fate segnare a nome: "Presidente del Consiglio". E se vi chiedono qualcosa dite: "Passa poi Prodi a fine mese a saldare". E poi occupatevi dei PACS. Spiegate bene che non sono una minaccia per la famiglia. PACS significa Patti civili di solidarietà. Son tre belle parole, patti, civili e solidarietà. Anche abbastanza in disuso. Non è che PACS vuol dire "Pronti al casino sempre" o "Porcelli amanti come sposati", o "Pisquani ammonticchiati a schifio". Ma se due si sono voluti bene per quarant'anni e vogliono la reversibilità della pensione, siamo sicuri che il cielo li debba fulminare? Rosy... contiamo su di te.

Quote fucsia

"Se si fosse messa a piangere Rosy Bindi, non se la sarebbero filata di pezza. Avrebbero pensato a una congiuntivite purulenta." Zitta Molly, non fiatare. "È che la Stefy è così dolce, così carina, così bionda che dispiace di più, povera stella. E dire che la sua era proprio una richiesta minima. Una roba del tipo: 'Non voglio mica la luna', come cantava Fiordaliso." Mi sembra di intuire che vogliamo aprire il dibattito sulle quote rosa, amica mia? "Ma è già bell'e chiuso. Ci hanno detto di 'non scassare la minchia'. Più di così." Effettivamente c'è poco da aggiungere. "Chi parte in tromba poi si trova trombata." Ecco. Se potessimo elevare il linguaggio di un filo te ne sarei grata. "Non ne verremo mai a capo, questa è la verità. E poi adesso con 'sta storia del proporzionale siam panate." Trovi? "Ma certo, pirletta. Se nel partito ci sono solo uomini, e magari anche stronzetti, e se nessuno gli dice che qualche donna ce la devono mettere per forza, stai pur certa che si fanno sgozzare prima di eleggerci. Sai come siamo noi? Come il pepe nel sugo che se non vuoi metterlo dici: No, il pepe no perché infiamma. Sta bene, darebbe più gusto, ma alla fine fa male al fegato." Hai per caso fatto un corso di psicologia da Crepet? "La lacrimante Prestigiacomo non è mica andata giù piatta come quelle della sinistra che volevano un uomo e una donna, un uomo e una donna, un uomo e una donna come il film di Lelouch. Lei chiedeva solo che, per favore, nelle liste elettorali ci mettessero il venticinque per cento di donne. "Se avesse chiesto il venticinque per cento nel senso di tette e basta, magari sarebbe passato come emendamento." Credo anch'io. Lei voleva una donna su quattro. La presenza femminile del Quartetto Cetra, tutto lì, e per chi non rispettava la regola, multa. "Che meraviglia. Una volta i maschi pagavano per avere una donna. Adesso pagano per non averci." Insomma: "Tutti d'accordo?" ha detto la Stefy in Parlamento. E i suoi colleghi: "E come no, Stefania, ci mancherebbe ancora. Non vediamo l'ora di averti tra le palle te e le tue amiche". Si vota e trac, centottanta conigli maschi voltano la gabbana. Vigliacconi dall'anulare sleale. E la Stefy, giù lacrime. Niente, le miserabili settantuno donne su seicentoquindici deputati non hanno molte chance di crescere e moltiplicarsi. Peccato. A me, comunque, detto fuori dai denti, di essere trattata come una foca monaca, e preservata come razza in via d'estinzione, non è che mi facesse impazzire. "Neanche a me. E poi il rosa mi sbatte, preferisco il fucsia." Certo, però, che la realtà è un'altra. Sarebbe facile, partire tutti alla pari. Uomini e donne. Lo stesso valore sul mercato. Vinca il migliore. Ma non è così. Non è mai così. Lo sappiamo tutti che una donna per emergere deve farsi un mazzo quadrato, dimostrare sempre qualcosa in più ed essere considerata sempre qualcosa in meno. Non so chi dicesse che quando ci sarà una donna incapace in un ruolo importante forse davvero avremmo ottenuto 'sta benedetta parità. Quindi, è inutile fare le fighe di Parigi e dire che non vogliamo privilegi. Li vogliamo eccome, *giudafaus*. Tutti quelli che possiamo.

La carica dei nonni

Volesse il cielo. I presidenti di Camera e Senato ci sono, il presidente della Repubblica è stato eletto, è anche finita la *Fattoria*, siamo a posto. Possiamo tirare un sospiro di sollievo. Al Quirinale abbiamo eletto un altro sbarbatello. Anche in politica va di moda il vintage, non c'è niente da fare. Finisce che Bertinotti, a sessantacinque anni, è il pischello del gruppo. Il bocia. D'altronde è normale che si eleggano politici molto anziani. Perché nei posti che contano ci devono stare persone che sanno almeno coniugare il congiuntivo. E gli attempati sono una garanzia. Perché sono andati a scuola quando ancora le scuole funzionavano. Non come adesso che forgiano al massimo veline, costantini, balenghe come me o gente come Mastrota che i discorsi alla nazione li fa per vendere i materassi. È la carica dei nonni. Il bello è che son sempre lì tutti a dire: "Diamo spazio ai giovani, il futuro è dei giovani, ai giovani l'Italia del domani..." e poi l'età media di quelli che ci governano è tra i sessanta e gli ottant'anni. Minimo. Roba che fra un po' gli fanno gli auguri a *Striscia*. Quelli che scelgono per governarci li scelgono coi tarli. Con le tarme. E poi dicono: "Guarda come è ancora in gamba, guarda come va spedito e leggero". Certo, va spedito e leggero perché lo portano le tarme. Lui sceglie solo la direzione, il resto lo fanno le camole in volo. Come fanno i giovani a buttarsi in politica? Dove si buttano se questi non si tolgono? Devon fare come i campioni di wrestling, prendere la rincorsa e poi volargli addosso spiaccicandoli al suolo. Persino Sua Maestà la regina Elisabetta, che ha appena compiuto ottant'anni, non accenna a schiodarsi dal trono. E il principe Carlo più che azzurro sta diventando blu Viagra. Ma 'sti politici valli a capire... Anche Zapatero ultimamente badina. Ora vuole salvare le scimmie. Il Parlamento spagnolo discuterà tra breve un progetto di legge per la protezione dei macachi. Giusto. In fondo anche per le bestie c'è destino e destino. Dipende da cosa nasci. Se nasci delfino la sfanghi, se nasci tonno sei rovinato. Se nasci pitbull ti difendi da solo, ma se nasci bertuccia tocca che qualcuno ti protegga. Sono assolutamente d'accordo. Però volevo solo dire una cosina a Zapatero. Zap? E cominciare dai tori? No, dico. Se ti è presa 'sta para, 'sta urgenza, 'sta flina, i tori dalle tue parti ne avrebbero molto più bisogno delle scimmie. Io non ho mai sentito parlare dell'orango delle Ramblas. Invece i tori li fate fuori a manetta. Li infilzate con gli spiedi e poi vi fate pure l'applauso. Si possono vendicare solo a Pamplona una volta all'anno, poveretti. Poi fossero solo i tori. Nelle feste dei santi patroni lanciate le capre dal cielo, tagliate la testa ai galli vivi, a Valencia mettete del catrame sulle corna del toro e poi gli date fuoco finché non impazzisce col muso e gli occhi bruciati. Volete continuare a fare la corrida perché è tradizione? Tranquilli. Vi prestiamo noi Gerry Scotti e il maestro Pregadio. Gratis. Ma salvate prima i tori... per l'amor del cielo.

Un bel bicchierone di acqua e betulla

Sospira un venticello. Vuoi dire che è arrivata la primavera o sono gli spostamenti d'aria dei pullman che mi passano sotto casa? Chissà. Meglio mettersi avanti col lavoro. Coraggio, signorite. Uscire dal letargo, buttare via il pelliccione di rat musqué, e sgranchirsi le zampe. Insomma, recuperare un minimo di fisichino du rôle e farla in barba a tutte 'ste letterine, schedine, veline, paperacchie che proliferano più degli champignon. Quelle crescono di notte. Come i funghetti bianchi nelle piante d'appartamento. Ti svegli la mattina e trac, ce ne sono altre due nuove. Quindi alé. Siete grasse? Slandre? Fatte a caciocavallo? Avete la stessa forma di una pastiglia Valda? Strette in punta e larghe in basso? E anche il colore è più o meno uguale? Siete mollicce? Gelatinose? Sbudinate? Avete la cellulite a buccia d'arancia come i muri delle tavernette oppure possedete la carnagione olivastra, però con l'inverno avete assunto la forma di un tubo spesso di carne marrone e da lontano vi scambiano per un kebab? Insomma, dire che siete indesiderabili è farvi ancora un complimento? Niente paura. Leggete attentamente i consigli sulle riviste femminili e vedrete che in un abracadabra tornerete in forma come la Sirenetta. Cominciamo dalle aste. "Prima cosa attente alla colazione. Via il latte e via il caffè. Solo un bel bicchierone di acqua tiepida." Vi viene da vomitare? Molto bene. Di prima mattina è quello che ci vuole. "L'acqua la mattina idrata." Ma va'? Ma pensa. 'Sti giornali ne sanno sempre una più di Bertoldo. Scaricate quel rimorchio di tossine e gonfiatevi come borracce. Vedrete che la trippa ostinata si scioglierà come neve al sole. "Ma se volete proprio raggiungere il culmine della colazione benefica aggiungete alla vostra acqua un po' di aceto di mele." Ma certo. Magari mettetevi anche in croce e fatevelo portare dentro a una spugna. Da un centurione romano, possibilmente. Ma pensa un po'. Secondo loro uno con un bicchiere di acqua tiepida e aceto dovrebbe cominciare bene la giornata. Di slancio. Ma dove vivono? In un ashram dell'India? Io con un bicchiere di acqua in corpo non arrivo viva neanche alla fermata del tram. Vado giù come un pinolo. Mi cala persino il collant. Io la mattina devo mangiare. Qualcosa di sostanzioso. Tipo un coniglio vivo, altrimenti non reggo fino a pranzo. "Volendo, dentro l'acqua tiepida ci potete aggiungere altre cose che rendono molto, molto fighe. La betulla, per esempio." Acqua e betulla fanno benissimo. Non è specificato se foglie o direttamente segatura di tronco. "Oppure acqua e gambi di ciliegia." Un toccasana. Un bel boccale di acqua e piccioli e vedrete che corpicino. Che poi trovare i gambi di ciliegia in questa stagione sia una missione ai confini della realtà è un particolare che pare sia sfuggito.

Duri e puri

Sono impietrita. Il mio boy parla con la radio. L'ho trovato ieri che concionava da solo davanti al transistor, gonfiando il collo come i rospi e infarcendo il sermone di insulti coloritissimi. Finora aveva parlato solo con la TV. Gli piace da matti intervenire nei dibattiti di *Ballarò*, sprofondato comodamente sulla poltrona del salotto. E con che sicumera. Con Vespa, poi, ha un conto aperto. Quel poveruomo non fa in tempo a dire: "Buonasera" che già parte l'artiglieria pesante. Ma ieri, scene dell'altro mondo. "*Fate furb*" urlava alla radio "tirati su le braghe, badola!" Di solito, quando fa così, io gli giro molto alla larga, ma stavolta non ho resistito. Con chi ce l'hai? "Con Paolo Meneguzzi." Nientemeno. Lo conosci? "Me ne guardo bene." E perché te la prendi con lui, di grazia? "No, ma dico. L'hai sentita la canzone nuova?" Sì, mi pare carina... "CARINAAAAAAAA?????" Quando fa così è piacevole come una vespa in macchina. Perché? Non ti piace il suono della batteria? "Ma cosa me ne frega della batteria! Senti, senti cosa dice, 'sta lagna: 'Non capiva che l'amavo, e ogni volta che soffriva io soffrivo, quante notti ho pianto senza dire niente'. Capisci? Questi ragazzetti di oggi sono delle pappemolli. Sono omuncoli esenpalle. Inficiano la categoria. Altro che noi, duri e puri. Ecco come ci avete ridotti, voi megere, voi donnemanager." Dominati, amore. "Dei mollacchioni, dei molluschi senza spina dorsale. E le sere nere, e scusa sai non ti vorrei mai disturbare... Non ci si può smutandare in questo modo, capisci, tra l'altro per delle stronze che non si meritano niente." Lo prendo come un complimento. Ciao, vado a decolorarmi i baffi. "No, vieni qui. Ma cosa cantavano gli uomini vent'anni fa?" Osteria numero due, le mie gambe tra le tue, mi risulta... "Dopo, dopo, i cantautori. Dammi il tuo amore non chiedermi niente, a mezzanotte sai che io ti cercherò, ovunque tu sarai sei mia, mi sono innamorato di te perché non avevo niente da fare. Quelli sì che erano uomini con le palle." Devo assolutamente cercare il numero di uno psicologo. "Cocciante." Eh. "Cosa cantava vent'anni fa?" Che io mi ricordi anche lui non se la passava benissimo. Rinasceva cervo a primavera. "Quella era una metafora. Cocciante dico". Eh. Dio, dio, dammi la forza, dio. "Cocciante." Ancora!? "Cosa cantava?" Ma che ne so? Sono forse Papi? Siamo forse a *Sarabanda*? "Ma sforzati un po'..." Lo sto facendo. Sto resistendo all'impulso irrefrenabile di staccarti la testa. Dunque, fammici pensare. Cocciante cantava che Margherita era bella e buona. Come la pizza. "Ma porca miseria, la canzone più famosa." Non me la ricordo. Ardimi viva su una pira! "E adesso siediti, su quella seggiola, stavolta ascoltami senza interrompere." Quello che mi dici tu sei giorni su sette. "E adesso spogliati come sai fare tu, ma non illuderti io non ci casco più tu mi rimpiangerai bella senz'animaaAAAAA... passami il Ventolin." Prego? "Passami il Ventolin, mi sta venendo un attacco d'asma." Certo, amore, duro e puro. Che caso umano.

Santa Pazienza

Santa Pazienza, aiutami tu. Voglio che tu sia la mia santa di riferimento. Prometto che ti sarò sempre devota solo se tu in cambio mi dai la sterminata forza di sopportarlo. Qualche giorno fa a pranzo. Stavo per dirgli: "Amore? Sai che cosa ho comprato stamattina? Un nido per le cinciallegre da appendere sul terrazzo", ma lui mi anticipa: "Lu? Ho deciso. Adesso mi compro un fucile ad aria compressa per sparare ai piccioni". Che bella intesa. Per dire come nelle coppie le sintonie di pensiero siano rare come i temporali nel deserto. Io la tenera accoglienza delle cinciallegre. E lui il regolamento di conti coi colombi. Poesia e morte come nei migliori feuilleton dell'Ottocento. Sei un uomo senza cuore. Il gemello del mostro di Milwaukee. "Non è vero." Lo è invece. Non sai cosa sia la pietà. La commozione. L'unico modo per vederti gli occhi umidi è darti da bere la Coca-Cola fredda. "La musica mi commuove." Be', quella anche a me. La sinfonia K 551 di Mozart, la *Quarta* di Brahms, tutto Debussy. "*I Am Divine* di Henry Rollins, i Nirvana con *All Apologies*, *Fire faia faia* di Madaski." Santa Pazienza, fa' che non cominci la tiritera dei concerti dal vivo. "Il concerto dell'80 a Torino di Bob Marley, quello di Prince, quello dell'88 dei Pink Floyd." Questi sono gli effetti collaterali delle liaison con i musicisti. Le onde anomale dei ricordi delle note dal vivo. L'ardore delle memorie sonore. Non si può mai competere. Soprattutto nel mio caso, visto che il primo concerto a cui ho assistito è stato quello dei Pooh a Mappano. Oh, oh, piccola Ketty. Era quasi estate quasi troppo tempo fa. "E poi ti ricordi che emozione il primo video dei Led Zeppelin, *Whole Lotta Love*?" Oè! Perfettamente. Mento sapendo di mentire. Io i video musicali li odio. Perché son sempre fuori tema, non c'è mai un briciolo di logica. E tu passi il tempo a sentirti cretino e a spremerti le meningi pensando a cosa cavolo vorrà dire. Niente vuol dire il video. Metti che la canzone parli di una tizia che è stata mollata da un tizio e adesso pensa che l'amore non esiste e vuole lasciarsi morire di inedia nutrendosi solo di briciole di pandoro, trama classica delle canzoni di oggi. Bene. Cosa si vede nel video? Non una disgraziata che piange stravaccata sul sofà coi baffi di zucchero a velo e un Melegatti sul comodino oppure, anche senza essere così didascalici, un Galup, una strada deserta e delle foglie morte che cadono da un platano. Macché. Il video si apre con una motofalciatrice che finisce in mare, la recupera Pinocchio che passava di lì per caso e l'aggiusta col naso, tutto questo mentre tre vulcani in lontananza eruttano, la motofalciatrice esplode e diventa un'oca, e sullo sfondo il sole, arido com'è, tramonta. Una storia che non c'entra una mazza. Ma perché? E risparmiare 'sti soldi e darli ai musicisti che son sempre alla canna del gas? Oppure il classico video del cantante medesimo che gorgheggia le sue imperdibili melodie in un posto assurdo. In mezzo alla foresta tropicale, sulla cima di un grattacielo, appeso a un palo dell'alta tensione, che ce l'ha scritto in faccia quel che pensa: "Ma dimmi te se per vendere due dischi di merda devo fare 'sta vita...".

E già che ci sono, un'altra richiesta.

È un appello rivolto a tutti i cantanti famosi. A nome di molti appassionati. Volevo chiedervi una cosa. Perché quando ai concerti fate le vostre vecchie canzoni, i vostri successi storici, quelli che ci piacciono tanto, li cantate diversi? Li modificate? Le vostre canzoni più belle le cantate tutte sbagliate? Io divento pazza. Ma cantala giusta. Io vengo qui, al tuo concerto, santo cielo, ho fatto una coda di un chilometro, ho pagato pure una schioppettata di biglietto, son qua in piedi da tre ore, per sentire cantata per benino da te che l'hai scritta quella canzone che mi piace tanto. Quella che fa: "Alzati che si sta alzando la canzone popolare...". E tu me la canti in un altro modo? Perchéééééé? Non mi fare gli sbrodolini. Non me la cantare fuori tempo, come la canta mia zia che è stonata come una sirena dei pompieri. Non mi fare: "Alzati che si... staaa... alzzzannndddooo... nonono...". E anche tu, poeta e musico prediletto, perché ti sgoli cantando: "Buonanotte... buonannotteteee... fiorelllinnuuuu...". Cantala giusta: "Buonanotte, buonanotte fiorellino...". Fine. Invece, perché? Perché me la canti sbirgola? Perché sei stufo di cantarla? Ma fatti tuoi, amico mio. Ti ho detto forse io: "Fai il cantante"? Potevi fare un altro mestiere. Potevi fare il pittore e dipingere quadri sempre diversi. Cosa credi? Che il chirurgo non si annoi a ricucire le ferite sempre nello stesso modo? Eppure non è che cambia punto. Un giorno sutura a punto croce e un giorno gli fa un pizzo all'uncinetto. La ferita la ricuce sempre uguale. Quale credi sia il motivo per cui Mino Reitano ce l'abbiamo ancora sulle croste? Perché sono decenni che canta Italia Italia sempre nello stesso modo. Non cambia una virgola. Toto Cutugno. L'italiano vero son vent'anni che ce la canta sempre uguale. Invece tutti svirgoli. Perché? Vuoi convincerti che così ringiovanisci il pezzo? Che diventa una roba nuova? No. Ti sbagli. Il pezzo è sempre il solito. Quello che ti ha fatto diventare famoso. L'hai cantata una volta giusta, ti è andata di lusso, ringrazia il cielo. E ricantala come si deve. Così la canto insieme a te e godo un po' anch'io.

Voli all'impiedi

Altra paranoia, questa novità nel trasporto aereo. Per contrastare la crisi dei voli e la diminuzione dei passeggeri la Airbus sta progettando un aereo in cui si viaggia in piedi. Ma sai che è una bellissima idea? Quando avete fatto questa bella pensata, all'Oktoberfest?! Con la birra che vi usciva alla spina dalle orecchie?! Perché non ci fate viaggiare in ginocchio sui Pisellini Primavera surgelati e non ci sistemate su due piani? Potete anche caricarci sopra a strati come le acciughe! Uno di testa, uno di piedi. Oppure uno sopra l'altro come gli sgombri! Vedi in quanti ci stiamo! Poi quando arriviamo ci scaricate coi forconi! Togliete anche le toilette, allora, così ci stanno altre tre o quattro persone, e dateci i cateteri di carta! Che scendono dal tettuccio al posto delle mascherine. E quelli in piedi fan pipì come i cavalli sul camion. Uno sui piedi dell'altro. Ma secondo voi non stiamo già abbastanza scomodi così? Con 'sti sedili stretti che quando siamo seduti ci possiamo leccare le ginocchia?! Che dobbiamo piegarci tutti gli arti a compasso? Ma se il problema è il costo, risparmiate su qualcos'altro. Sul carburante, per esempio. Inventatevi un aereo a GPL! Pirli! Un aereo a metano, a gas, a molla o a carbonella, ma non ci togliete la sedia da sotto il sedere che è l'unica cosa che ci è rimasta. Che fatica.

Numero verde, come la bile

Bene. Adesso metto sul gas il bollitore e mi preparo una bella camomilla. Magari doppia, in tazza grande. Ci butto dentro tre filtrini, metti che mi parta lo squinterno. Vorrei spendere due paroline in merito alla questione dei call center. Questa bellissima invenzione per evitare di far spendere inutilmente soldi allo Stato e incrementare il lavoro precario. Un numero verde, come la bile che ti fa travasare, un 800 e diosacosa, dove una voce preregistrata ti gnaula la strada per sbrogliare le tue rogne in un battibalengo. Peccato che sia una bufala. Ma diciamolo una volta per tutte. Il call center non ti facilita le cose. Te le complica. A meno che tu non voglia attivare un servizio, allora in quel caso la pratica ti scivola via come l'olio. Fai velocissimo. Come la mia amica Iris che andava agli appuntamenti con le mutande già sfilate. Se invece vuoi lamentare un disservizio, segnalare un impiccio, reclamare un difetto, allora si scatena la iattura. "Se vuole questo digiti uno, se vuole quell'altro digiti due, se insiste ancora digiti tre e se proprio si è messa in testa di spaccare i maroni digiti quattro..." e avanti così fino al dieci: alla fine ti succede come al ristorante quando il cameriere ti elenca il menu, arriva all'ultimo dessert e tu non ti ricordi più che cosa c'è di primo. E schiacci uno, e poi premi cinque, e dopo schiacci quattro e poi pigi sei e poi ti viene da starnutire, perdi il filo, e devi ricominciare tutto da capo. Ma ragazzi. Vien proprio da dire: "Date i numeri? Se volessimo giocare a bingo, andremmo nelle apposite sale". Il mio ultimo match l'ho combattuto con l'ENEL per via di una bolletta sbagliata. Mi sono rimaste le vene del collo spesse come cavi della batteria. E quando ti risponde l'operatore? Tra l'altro dopo ore di sadica attesa ascoltando Vivaldi, scelta musicale quanto mai azzeccata visto che quattro stagioni sono giusto il tempo che aspetti prima che qualcuno ti dia retta. "Sono Virgilio, mi dica." Virgilio, la prego, mi faccia uscire da quest'inferno. Tu illustri la tua pena, ma ti accorgi che dall'altra parte del filo che vorresti usare per strangolarti, il buon duca non ne capisce mezza. Per lui stai farneticando in aramaico. Poveretto. Non ha esperienza, guadagna una miseria, e poi tutti i suoi neuroni sono occupati a decidere se vendere o meno Pino nel campionato di fantacalcio. Ti lascia con calma finire la saliva e poi chiosa: "Aspetti un attimo che la metto in linea con un mio collega". Passa ancora una stagione, si fa primavera, nell'attesa tu vai in menopausa, ed ecco che trac, cade la linea. Tiodiotiodiotiodio. Perché lo so che questa è una strategia precisa. Voi ci fate sbattere a raffica contro un muro di gomma, rimbalzare e rimbalzare, fino a che perdiamo i sensi e cediamo. Pagando. Allora fate così. Risparmiate anche i soldi dei call center. Diteci che dobbiamo pagare sempre e che l'ufficio reclami non esiste più. Almeno è più serio. Almeno è leale.

La patata tira

Che peccato. Mi hanno ridimensionato il Rocco. Lo fanno solo più ammiccare. E pensare che fino a qualche giorno fa stava a bordo piscina, vestito da boxeur a intonare una lunga ode alla patata. La patata tira, diceva, fidati di uno che le ha provate tutte. Altro che vignette e limiti della satira. Son spot che fan riflettere. Infatti a me è venuta in mente una cosa. Che a questo punto, se quelli delle patatine hanno 'sto becco qui, dovrebbero farsi avanti anche quelli del panettone. Quelli della Maina, del Melegatti, del Galup. Per par condicio. Perché anche il panettone tira. Guarda quello di Jennifer Lopez. E la Melinda no? Anche due belle mele fanno la loro notevole figura. Ma io mi domando e dico. Ma se per fare la pubblicità di una patatina fritta bisogna chiamare un pornodivo, quando ci toccherà fare lo spot del Viagra, perché prima o poi succederà, cosa ci faran vedere? Un primo piano delle canne di un organo? Il dettaglio di un martello pneumatico? Un picchio che spacca forsennatamente il tronco di un platano a colpi di becco? Ma è la televisione che ormai dà i numeri. Viviamo soffocati nei glutei. Ogni trasmissione ne fa sventolare a rimorchi, come fossero nacchere. Ogni prodotto merita di essere sponsorizzato da un bel paio di chiappe. Seni a palate. Tette a dozzine come le uova. Sempre meno sode e sempre più strapazzate. E in più adesso si fa strada una nuova tendenza. Quella di promuovere rimedi per le peggio schifezze. Forfora, emorroidi, tosse catarrosa, stitichezza, fossa biologica intasata coi nani di gesso che bussano alla porta tappandosi il naso e ripetendo a nastro: "Chepuzzachepuzzachepuzza...". Tutto nell'ora di pranzo. Tu sei lì che mangi, con una forchettata di fusilli in mano e la bocca spalancata e arriva una a dirti che adesso è felice come una pasqua perché le è passata la diarrea. Ma che schifo. Per non parlare dei primi piani di water incrostati come le grotte di Castellana, coi pipistrelli appesi all'asse. Ma chi c'è in Italia che ha la tazza del gabinetto ridotta in quel modo? Che la Gabanelli apra un'inchiesta. E già che ci sono mi lamento fino in fondo. Basta con 'sti numeri per le informazioni. Ci hanno sfrittellato le palle. Prima Bisio. Poi i due gemelli mostri, i due esseri mitologici, mezzi uomo mezzi pirla, vestiti da New Troll, coi denti da dinosauro e i capelli infeltriti. Dopo si sono aggiunti i figli del Gabibbo. I due babaci, le lontre pelose, con la faccia da Muppets e gli occhi da ipertiroideo che cantano: "Non c'è tarma senza cappotto, non c'è tuffo senza Cagnotto, non c'è latte senza cagotto, non c'è dodici senza ottantotto...". Adesso ci sono pure gli scimpanzé. 12-40. Sona, fischia e canta. Ma perché non fate anche 22-22 le mie gambe tra le tue? Ma cosa pensano questi qua? Che noi passiamo tutto il giorno a chiedere informazioni al telefono? Siam mica rincoglioniti? Grazie al cielo c'abbiamo due mani e due occhi e quando abbiamo bisogno di un idraulico prendiamo le Pagine Gialle. Oppure citofoniamo alla vicina di casa, che lei se li è fatti tutti. Città e provincia.

Non è che improvvisamente milioni di italiani si attaccano al telefono per chiacchierare con i loro operatori?

Più tempo a stirare che a godere

Luglio. Col bene che vi voglio. Sarebbe ora di mostrare i nostri fisici scolpiti nella flanella invece di fustigarci per avere esagerato con le sforchettate. Eppure la terribile consapevolezza che per chiudere la lampo dei jeans dell'anno scorso dobbiamo metterci in due, uno che tiene vicini i lembi e l'altro che tira la cerniera, ci fiacca gli entusiasmi. Altro che Sharon Stone. La diva inossidabile di *Basic Instinct 2* che nel suo nuovo film si è mostrata nuda come un verme alla bella età di cinquant'anni suonati. E poi ha dichiarato: "Ho scelto di girare questo film in cui appaio nuda per far vedere che il corpo di una donna di cinquant'anni ha ancora il suo bel da dire". Eh, certo. IL TUO, BALENGA DI UNA BALENGA CHE ALTRO NON SEI! Il tuo, perché fino a quarant'anni sei stata una gnocca da levare il fiato, una figa sterminata... Non il nostro che già a diciott'anni facevamo cagare e dovevamo lottare con dei rotoli di salamelle che sbucavano da tutte le parti... con dei boa constrictor avviticchiati al punto vita. Ma lo sai, Sharon, che la maggior parte delle donne non dico a cinquanta, anche solo a trenta e quarant'anni viste da nude sembran bignole fuori dal frigo da una settimana...? Lo sai che la maggior parte delle donne quando si spogliano fan come la Simmenthal quando la rovesci sul piatto, che dondola per mezz'ora? Con tutta la carne tremula di Almodóvar, tutta l'Italgelatine che sballonzola? Ma ringrazia il cielo e tienilo nascosto, il tuo corpo di cinquantenne figa, che ci rovini un mercato già asfittico in partenza! Che i nostri mariti vedono te nuda e dopo fanno i confronti e si strappano i capelli. Quei pochi che hanno. Io non potrei mai girare un film così. Ma mica per il fisico. Perché i miei *basic instinct* nei confronti di un uomo non hanno niente di sessuale, anzi, son quelli di gonfiarlo come un canotto ogni volta che fa una cacchiata. Comunque in fatto di fisico anche gli uomini non scherzano. Sono come il vino. Più invecchiano e più sanno di tappo. Ma non importa. Approfittiamo delle vacanze per recuperare il tempo perduto e fare un po' di sano ciupa dance. Un gruppo di scienziati tedeschi ha calcolato che nel corso di una vita della durata media di settantotto anni, una persona dedica sedici ore complessive all'orgasmo e nove mesi a lavare e stirare. Decisamente pochino. Cioè passiamo molto più tempo a stirare che a godere. Il movimento è uguale, ma per un colletto ben stirato ci mettiamo molto di più. Che tristezza. Passiamo molto più tempo con la testa dentro il forno a scrostare le pareti col Fornet che a saltare sulla paiassa. Letto l'articolo mi sono imbarcata in questo calcolo: se conteggiamo per ogni orgasmo circa cinque secondi, in sedici ore ne mettiamo insieme 28.800. Niente male. Poi. Se dividiamo 28.800 per i famosi settantotto anni della vita media, ne ricaviamo circa 369 orgasmi all'anno, cioè più di uno al giorno. Calcolando almeno i primi tredici anni di vita come liberi dall'incombenza, viene fuori ben più di un orgasmo al giorno. Questo dicono gli scienziati tedeschi. Quindi? Quindi quest'estate dobbiamo assolutamente trovarci un fidanzato crucco. Mi sa che è una garanzia.

Notti magiche

Sono un'anima senza pace, questa è la verità. Vocata al tormento e con una certa inclinazione all'idiozia. Neanche il sonno mi placa. Nemmeno una cospicua dose di letargo è in grado di quietarmi. Ho sempre avuto un rapporto tormentato col letto, inteso come giaciglio per dormire, naturalmente. Mi ricordo molto bene il letto della nonna, in campagna. Mai dormito. Era di ferro, faceva gnic gnic quando ci salivi e gnic gnic quando scendevi. Alto, altissimo, che per me già riuscire ad arrampicarmici in cima era una conquista. Quando si sdraiava sopra la nonna, sempre stata una taglia forte, scatenava l'onda anomala nelle molle e io frrrrtt rotolavo dalla sua parte per via del declivio. Per far soffrire meglio di insonnia noi nipoti ci rimboccava a mummia con le lenzuola di lino grezzo cartavetro che scivolandoci su ti facevi il peeling su tutto il corpo senza neanche andare dall'estetista. Sopra il letto pendeva un quadro, non mi ricordo se di Gesù, della Madonna o di santa Rita ma comunque roba di tragedia, passione misto sangue e spine, che incombendo sulla zucca, insieme al rintocco del campanile della piazza vicina, creava quella bella atmosfera horror tutt'altro che tranquillizzante. Stessa solfa la camera da letto dei miei. Quella da sposi. Anni Cinquanta. Urenda e piena di specchi. Dal letto spuntava una perina di plastica che serviva a spegnere la luce prima di dormire. Con quella perina in mano e un buon mangiadischi era subito un gioco di *son et lumière*. Mi son fatta tante di quelle perine, quando ero malata, che mia madre mi menava anche con la febbre. Ultimamente ho cercato di dormire sul futon giapponese. Fantastico, mi hanno detto, perché in realtà è un tappeto un po' più spesso. Praticamente ti vendono un materasso e te lo fanno pagare come un letto? Geniale. L'unico vero vantaggio è che non devi togliere la polvere sotto il letto, perché un "sotto il letto" non esiste, il materasso aderisce perfettamente al pavimento e quando ti alzi hai uno scompenso di pressione da svenimento. Però, almeno, se cadi non ti fai male, anzi, non te ne accorgi neanche, non fosse che ti svegli con la bocca piena di polvere. Da single ho avuto anche un letto tondo. Potevo dormirci a stella di mare, a uomo di Leonardo. Ma stavo sveglia sognando una schiera di principi a letto con me, messi a raggiera, come fette di torta, con i piedi al centro. Il peggior sonno è comunque sempre quello sul divano letto di Milano. Chi l'ha detto che sono comodi? Ma quando mai. Intanto per aprire un divano letto devi traslocare mezzo salotto. E sposta la credenza, e rimuovi la lampada a stelo, e impila i cuscini ed estrai il letto, e pizzicati le dita e attenta che non si richiuda, ecco che rimbalza, spingi spingi, bon, richiuso. Che il cielo strafulmini tutti gli inventori di divani letto amen. Perché quando finalmente ti sei data un po' di requie non chiudi più un occhio nel terrore che il divano ti inghiotta e al mattino non ti risputi più. Sai quando dormo per davvero il sonno dei giusti? Nel sacco a pelo, in tenda, d'estate. *A chacun son rêve*. E adesso ditemi se son normale.

Il cornavelox

Siamo panati. Ti distrai un attimo e la Cassazione ritorna a sentenziare. Questa volta ha stabilito che farsi i gestacci da una macchina all'altra è reato. Farsi le corna, il gesto dell'ombrello, sventolare il dito medio con vigore comporterà d'ora in avanti una multa a partire da venti euro e addirittura la possibilità di finire in galera. Bene. Trovo sia un ottimo stratagemma per alleggerire il carico di cause inutili che intasano i tribunali. L'unica cosa che ti rimane da fare quando uno ti sorpassa a destra è gridargli "vaffan..." a bocca spalancata facendo vedere tutte le otturazioni dei molari. Ma niente corna. Ora. Intanto io voglio un po' capire. Come si fa a provarlo che uno ti fa le corna? Ci vuole un autovelox apposta. Il cornavelox che ti fotografa mentre sventoli indice e mignolo. E poi puoi sempre negare. Puoi sempre dire: "Io non ho fatto le corna. Io mi stavo pulendo il naso. Di solito me lo pulisco così. Con due dita, una per ogni narice. Io il gesto dell'ombrello? Noooo, ho appena fatto il prelievo del sangue, mi risistemavo il cotone". A meno che non si metta una scatola nera anche nelle auto, che registra tutto. Ma tutto, tutto, tutto. Anche scaccolamenti, rutti e porcherie dette al telefono con l'amante. Io dico. Non è che stiamo un filo esagerando? Ci state proibendo tutto.

E le sigarette non le possiamo fumare, e le canne non ce le possiamo fare, con i PACS non ci possiamo pacsare, adesso non possiamo neanche farci le corna da una macchina all'altra, ma che vita è? Certo che poi ci viene da sparare. Però lì non ci multate. Siamo veramente un paese di santi, poeti, e teste di cavolo. Eh sì. È passata la legge sulla legittima difesa. D'ora in poi se si viene aggrediti o minacciati o vengono minacciati i propri beni si può reagire con le armi. Quindi se il tuo boy di notte ti frega le coperte puoi tirar fuori il minipimer e frullargli i gioielli della corona. Perché la legge dice che si può reagire "con le armi o con un altro mezzo idoneo". Allora. Intanto c'è da capire quali siano 'sti "mezzi idonei". La mazza, il crick, Pappalardo? I razzi katiuscia? Le alabarde? Il boccone avvelenato che si dà alle volpi? Poi, per "beni", cosa intendiamo? Se mia mamma mi prende il phon, le posso sparare? Se mi frega l'ultimo boccone di brasato le posso dare una testata? Tra l'altro poi adesso ci sarà il boom delle armi da fuoco. Tutti i pistola si compreranno una pistola. Andranno a ruba le armi strambe, quelle di design. Dal tostatesticoli firmato Giugiaro, all'acchiappamosche di Philippe Stark, al rottweiler da borsetta. Dicono che questa legge sia un passo avanti per Abele. Io non credo proprio. Se Abele fa un culo così a Caino non è più Abele. Se Abele si compra la Magnum 357 non è più lui. Ma allora mi sorge un dubbio. Ma quando si dice che bisogna porgere l'altra guancia, è per prendere la mira?

Politici, non fateci ridere

Certo che i maschi sono veramente dei brutti arredi. Sembrava che la questione delle Quote rosa fosse risolta e invece… tiè. Fregate anche stavolta. La legge è passata al Senato e non alla Camera. Quindi non serve a una mazza. Povere noi… e povera Prestigiacomo… Non si può neanche più dire che pianga. Zampilla lacrime come un gargouille di Notre-Dame. È un anno che va in giro con i rotoloni Regina in borsetta al posto dei Kleenex. I colleghi tanto gentili le han dato il solito inutile contentino. I maschi fan così. Dopo un po' che insisti e rompi ripetutamente le scatole, cedono. Ma sempre in ritardo. Come quando ti portano al cinema fuori tempo. Ti dicono: "Dai, che ti accompagno a vedere quel film con Brad Pitt che son tre mesi che me la conti…". Poi si arriva lì e l'hanno tolto. "Eh, però io ti ho portata…" Certo. Tre mesi dopo mi hai portata. Quando al posto di quel figo di Brad Pitt danno un documentario sulla monta dei tonni, asino che non sei altro. E con le Quote rosa è finita uguale. Sì, sì, passeranno. Infatti son passate. In cavalleria… Io una soluzione ce l'avrei. Sai cosa devi fare, Stefania? Visto che chiudono le Camere, fatti chiudere dentro. Ti porti una vestaglia da camera, *ça va sans dire*, e aspetti. E voglio un po' vedere se quando riaprono non è la prima legge che discutono. Altro che "non ci scassate la minchia". Onorevole Pippo? Non è che ve la scassiamo soltanto, ve la smontiamo con le brugole del Meccano e la disperdiamo ai quattro venti. Razza di primedonne. I nostri politici ultimamente farebbero di tutto per farsi notare e dare spettacolo. Avete notato? La nuova tendenza è fare i simpatici, gli spiritosi, i gaggioloni in TV. Fare le battute aspettando che il pubblico rida. Ma dimmi te. Amici? Amici di Maria? Politici innominabili per par condicio? Ascoltateci. Noi non vogliamo politici che ci facciano ridere. Li vogliamo che NON ci facciano ridere. Che siano seri, attendibili, credibili. Che si diano una regolata e non passino il tempo da uno studio televisivo all'altro. E soprattutto abbiano almeno una vaghissima idea di come risolvere i problemi. Ma i nostri politici son troppo presi a far gli spiritosi in TV. Io ve lo dico. Noi non ne possiamo più di vedervi ballare il mambo con un uovo sulla testa facendovi spiattellare torte in faccia. Smettetela di fare i cretini, vi prego. Se fate così non vi votiamo, non l'avete ancora capito? Non è questo che vogliamo da voi. Lasciate che i deficienti li facciano i comici. Per par condicio. Ma scusa. I comici non possono fare politica? Molto bene. E allora voi non fate i comici. A ciascuno il suo. *Dura lex sed lex.*

La puzzetta sdoganata

Volete sapere come la penso? Ditemi di no così la facciamo finita da subito. Occhei, allora vi dico della pubblicità di Dolce & Gabbana. Dunque. Per quei pochi fortunati che non hanno ancora potuto godere del capolavoro, una piccolissima sintesi. Due disgraziati, lui e lei, di non più di vent'anni a cranio, s'incontrano per festeggiare il compleanno di lei, si suppone. Si rinchiudono in casa, mangiano roba etnica dentro un cartoccio, qualcosa di messicano con i fagioli, tutto sembra procedere da copione, ma la tragedia è dietro l'angolo. Lui estrae dalla tasca del giubbotto una scatolina. Si suppone un gioiello. Lei si china per abbrancare il dono dalle mani dell'amato e... prut. Fa una puzzetta. Ovviamente vorrebbe sprofondare nelle sabbie mobili, ma lui che la ama ed è lontano nipote di Alvaro Vitali, per non farla sentire a disagio... prot... le restituisce la pariglia. In questo allegro spetardìo, in questa cappa pesante, lo spot si chiude. Tutto è bene quel che finisce bene. Gli stilisti ora addirittura si vantano. Ma pensa un po'. "Abbiamo finalmente sdoganato la puzzetta, funzione naturale e fisiologica, da sempre censurata." Grazie. Grazie di questo gesto sociale. Sarà tutto merito vostro se ora noi potremo godere di questo nuovo spazio di libertà. Mi affiorano, però, alla mente alcune domande. La prima. Alla benedetta balenga, scappa. Va be'. Può capitare. Più a una novantenne che a una sbarbina. Ma non sottilizziamo. Però lui? Che le risponde subito a tono? Che fa del cul trombetta a comando? Pronti via? Si era già messo avanti col lavoro? Si era già organizzato sonoramente l'intestino portando avanti la pratica? Mistero. Secondo dubbio amletico. Che cavolo hanno ingurgitato i due purilli per fermentare con questa potenza? Cosa c'era dentro quel misterioso sacchetto oltre ai fagioli messicani? Sicuramente degli OGM. Oppure limatura di topo con spezzatino di stracci. Sai cosa? Forse sarei stata più contenta se questa operazione così sociale mi avesse almeno strappato un sorriso al posto di una smorfia di disgusto. Bastava poco. Bastava sostituire i giovani protagonisti. Metterci al posto di lei una sciura della collina torinese e al posto di lui un marcantonio amministratore delegato di una ditta di profilati in alluminio. Ristorante chic, candelabri d'argento, tovaglie di fiandra. Appena alla Madama Doré, inclinatasi sulla poltroncina per afferrare il suo punto luce, le scappa di fare la donna cannone, lui, che è manager fin nelle budella e vive la vita come una sfida, le fa da eco. Una sonorissima eco della Val Chisone. Si aggrappa al carrello del profiterol e fa partire la fanfara dei bersaglieri dei re di Puglia con il risvolto dei pantaloni che gli sventola come la bandiera dei pirati, mentre tutti i camerieri sbigottiti si nascondono sotto i tavoli. Applauso. Sipario. Slogan: l'amore è cieco ma un naso c'è l'ha. Fa' attenzione.

Pietà per i cartolai

Chiamala come vuoi. Responsabilità sociale. Carità cristiana. *Pietas.* Le parole non contano... conta la musica, come canta Benigni. Ed è quella che deve cambiare. Urge intervento drastico. Mobilitazione di massa per proteggere specie rarissima in via di estinzione. Amico. Fai un gesto di civiltà: dai un futuro ai cartolai. Non abbandoniamoli. Tuteliamo la biodiversità. È una razza che sta sparendo. I cartolai sono come i panda. Capello bianco e occhiaie. Come gli elefanti d'Africa e lo storione nel Po. Come i gamberetti blu e bianchi dei ruscelli della Thailandia. Sulla terra siamo sei miliardi di esseri umani. E tra questi, quanti saranno i cartolai? A occhio e croce centocinquanta mal contati. E ti credo. Tocca avere pazienza a rimorchi e palle d'acciaio. Perché le maestre son capricciose. Prima fanno ammattire le mamme che poi, a loro volta, per proprietà transitiva, fanno sclerare le cartolaie. È una catena ormai che scioglie il sangue *dint'e vene.* Quando facevo io le elementari, che non era proprio il Pleistocene, si usavano due sole copertine: la rossa per il quaderno di matematica e la blu per quello di lingua. Ora è baraonda. Le maestre, sempre più globalizzate, fanno a gara a scovare i colori più improponibili e i cartolai sono sull'orlo del baratro nervoso. La Pozzi vuole il verde fava per le scienze, la Solaroni preferisce una sfumatura più chiara, il verde speranza, ma per la religione, ovvio; la Morando vuole la copertina lilla per l'inglese, da non confondersi col pervinca per la musica, la Paciaroni non transige: il fucsia per l'informatica e il rosa shocking per gli esercizi di grammatica. Ieri ho assistito attonita alla disperazione di una cartolaia: "La Borrello vuole la copertina nera, sigh, e io non ce l'ho... in compenso però ho una trentina di mamme alle costole che mi vogliono levare la pelle". La copertina nera per che cosa, buon dio? Per segnare le disgrazie? E poi ci vuole la replay, la biro che si cancella, blu per le unità, rossa per le decine e verde per le centinaia. Peccato che di biro verdi la replay ne abbia prodotto giusto un centinaio. E poi i ricambi con i buchi rinforzati, se no alle maestre viene l'esaurimento, i portapenne con tre cerniere, e la matita non troppo dura che se no è un chiodo né troppo molle che è una panna cotta. Perché certo, se vai al supermercato, non trovi mica tutto. Sei obbligato a sfinire la cartolaia all'angolo. Nel frattempo spariscono le penne a stilo. E con loro le carte assorbenti e le carte carbone, ma ritornano prepotentemente in auge le carte igieniche. Perché il ministero della Pubblica istruzione fornisce numero sei rotoli a ogni classe per tutto l'anno. Contando che ogni bimbo per una piscia ne usa una metrata, tempo due giorni termina la provvista. E quindi spetta alla famiglia l'onere della ricarica. Di questo per ora i cartolai non si occupano. Ma chissà. Forse specializzarsi nella fornitura di carte igieniche può essere un'ulteriore chance di sopravvivenza. Vuoi che la Borrello non insista per quella a tre veli e la Paciaroni per quella profumata alla mela verde? Carte che vanno, carte che vengono. *C'est la vie.*

Il peso della cultura

Non posso fare lo gnorri. Sorvolare sulla questione. Sarà anche possibile che mi sbagli, ci mancherebbe. Tra l'altro sbagliarmi è una delle attività che mi riescono meglio. Però questa nuova enciclopedia per bambini del corpo umano con in allegato Willy, uno scheletro da montare pezzo a pezzo, la trovo un pelo inquietante. Ehi, bambino, fatti uno scheletrino per amico. Col primo numero un teschio in omaggio. E col secondo numero (prenotalo subito), emisfero sinistro più calotta del cranio. Siamo proprio sicuri che i bambini non vedano l'ora di piazzarsi uno scheletro di un metro e dieci centimetri ai piedi del letto? Siamo veramente certi che svegliandosi di colpo in piena notte non gli prenda uno spaghetto da lasciarli secchi? Io da bambina sarei morta di fifa. Ma io non faccio testo… sono sempre stata una cacasotto. Chissà se sono previsti anche dei bulbi oculari fosforescenti, così, per dare quel tocco di macabro in più che non guasta. Mi consolo pensando che tanto la maggior parte si comprerà solo il primo numero, come sempre. Centinaia di migliaia di teschi. Per anni. Nelle case. Tutti piccoli Amleti che andranno in giro nei corridoi e su e giù per i tinelli a declamare: "… Essere o non essere…". Mah. Certo che le case editrici valle a capire. Per dire. La questione libri di testo.

Io vorrei sapere una cosa. Come è mai possibile che tutti gli anni quando inizia la scuola si ordinano i libri di testo e i libri di testo non ci sono mai. Si devono sempre aspettare per mesi. Ma io mi chiedo. Ma le case editrici di libri scolastici non lo sanno che a settembre inizia la scuola? Non è una novità di quest'anno. È dall'Ottocento che le scuole iniziano in autunno. Non a primavera quando sbocciano le primule o in estate durante la raccolta del fieno maggengo. A settembre. Fine. Ma stampateli prima 'sti benedetti libri. Aspettate fino all'ultimo per essere più sulla notizia? Capisco. Ma dipende dalla notizia. Per dire. Napoleone è morto. Ve lo dico io. Potete pubblicarlo tranquillamente. Non c'è rischio che esca dal coma. Il volume della sfera è sempre $4/3 \pi r^3$. Sempre quello. I volumi delle sfere non sono cambiati tranne quelli delle sfere dei genitori che nella questua alla cartoleria alla ricerca del libro scolastico hanno assunto proporzioni preoccupanti. Senza contare la quantità di testi. Tre di scienze, due di storia, ben cinque di italiano. Grammatica uno, grammatica due, letteratura, epica, antologia. I bambini vanno a scuola con degli zaini pesanti come quello di Messner. E poi il flauto, la chitarra, la cartellina di artistica larga come un pianerottolo, il tubone per i disegni della misura di quelli dell'acquedotto, la tuta da ginnastica, le scarpe da basket, l'accappatoio per il nuoto, la merenda, il pranzo da scaldare e magari anche una borraccia e una rivoltella per tenere lontani i coyote. Certo che poi arrivano a scuola e non capiscono una mazza, perché sono delle gerle di acido lattico. L'unico vantaggio è che abbiamo studenti somari che però a otto anni han spalle di ferro e culi di marmo e son pronti a un futuro da atleti olimpici.

Tuteliamo le eroine

Sono stata alla prima della *Manon Lescaut*, direzione di Evelino Pidò e regia di Jean Reno. "Li hanno scelti perché fanno rima?" Quanto sei oca, Molly. Pidò ha frequentato il Conservatorio di Torino più o meno quando ci andavo io. "Solo che lui è diventato un illustre maestro d'orchestra. E tu sei ferma al *Piccolo montanaro*." Bada a come parli, Molly. Io sono diva e donna. "No, sei solo una demente di una certa caratura." Be', ciascuno ha fatto fruttare i suoi talenti. "Com'era?" Una figata. Solo che alla fine Manon crepa di sete. "Anche a me al Regio si secca la lingua. Deve esserci un problema di aerazione." Muore di sete nel deserto, imbecille. E quel badola del suo fidanzato la guarda crepare senza darsi da fare tanto così. Ma io dico. Des Grieux? Sali di un piano, c'è il bar, fatti dare un bicchiere d'acqua del rubinetto dalle ragazze del bancone. È la miliardesima volta che replicate 'st'opera... Che vi costa? Fate arrivare Des Grieux con una confezione da sei di acqua Rocchetta. Una bottiglia di Gatorade. Oppure prevedete nella scenografia un chioschetto, un Buddha Bar, un carretto che passava e un uomo che gridava gelati... "Ci vorrebbero le quote rosa anche all'opera." Certo, tuteliamo le eroine. Io lancio un appello. Registi? Facciamo in modo che 'ste povere disgraziate non muoiano più. Facciamo che stanno tanto male ma poi guariscono. Come gli amori di Venditti che fanno giri immensi ma poi ritornano. Impariamo dalle *telenovelas*. Guarda *Beautiful*. Taylor era morta e ora è risorta. L'ha riesumata Ridge. "Che orrore." Pensa una *Madama Butterfly* versione quote rosa. "No, quella è un caso disperato." Invece io la trovo affine. Tanto per cominciare, deve essere mezza giapponese e mezza piemontese, visto che si fa chiamare madama. E poi ha un'ancella che si chiama Suzuki come la mia moto. "Sì, ma poi si innamora di quel tamarro di Pinkerton che la mette incinta e sparisce." Be', un classico. E lei, la balenga, aspetta sempre di vedere un fil di fumo uscire dal comignolo della nave che glielo riporta. Sì, Cuccu merlu. Con la mia regia la Cio-Cio-San con la panza di sette mesi prende un volo low cost, va a beccare quel porco in America, lo prende per la collottola come i gatti e lo spetascia contro il muro finché non gli fa uscire un fil di fumo. Poi telefona a Violetta, che con cinque giorni di antibiotici e fermenti lattici è guarita dalla tisi, e vanno insieme a fare un weekend con Carmen a Formentera.

Quando fioriscono i pidocchi

La primavera è la stagione del risveglio. Fiori che sbocciano, foglie che sbucano, rondini che volano basso, e teste che si riempiono di pidocchi. È il mistero della vita. A cosa servono i pidocchi? Sono utili a qualcosa nel grande affresco della Creazione, o sono delle goccioline di grigio spento scappate dal pennello del Creatore e rimaste sul gobbo a noi? Forse siamo noi che serviamo a loro. Quel che si sa è che di questa stagione, nelle scuole, nelle università, sugli autobus, le creaturine socievoli saltano felici di testa in testa e si moltiplicano a vista d'occhio. È inutile dire: "Ma tanto a me non succede". Balle. In questo periodo stanno tranquilli solo Claudio Bisio e l'arbitro Collina. Alzi la mano chi non si è preso mai i pidocchi. Nessuno. Io li ho presi tre volte. Una da piccola e due da grande. E un'adulta coi pidocchi in testa non è mai un bello spettacolo. Con quei turbanti da Mamy di *Via col vento*. Quando fai la maestra è quasi impossibile evitare il contagio. Quando insegni a scrivere ai piccoli, e di questa stagione passi dallo stampatello al corsivo, il rischio è altissimo. Perché vai vicino al bambino, gli prendi la manina, gli fai fare la "o" bella tonda, la "t" con la gambina dritta e mentre siete lì mano nella mano i pidocchi, bastardi, migrano da una testa all'altra. Usano i capelli come ponti sullo Stretto e si traghettano da una crapa all'altra. E nel mescolio delle chiome si compie il misfatto. Cominciano i primi pruriti sospetti e da lì alla macabra scoperta il passo è brevissimo. Si ride e si scherza con gli amici: "Mi prude la testa, avrò mica i pidocchi? Ah ah, che sciocchezza...". Ciao. Fine dello scherzo. I bambini hanno imparato a scrivere e tu hai la testa invasa dai mostri. E allora giù con l'aceto, che dicono sia un ottimo antidoto. Forse perché lucida le chiome talmente tanto che i pidocchi ci scivolano sopra, come sulle giostre dell'Aquafan. Fateci caso. Quando entra in una stanza una che sembra abbia passato la notte in carpione di sicuro si sta disinfestando. Pare anche che funzioni l'aglio. In quel caso è un filo peggio perché si ha un po' la sensazione di camminare con una bruschetta spalmata sulla testa. E poi c'è la pratica della eliminazione uova, che non è certo delle più edificanti. Perché gli schifosoni sulle nostre teste vivono da nababbi e per ingannare il tempo copulano da mane a sera. Beati loro. E così tocca spulciarsi come fanno tra loro i cercopitechi. Ma non per tutti l'incremento del pidocchio può essere considerato un danno. In questo periodo il fatturato della Mom, che produce le lozioni antipidocchi, sale alle stelle, e il signor Mom ormai megamilionario prenota un mese alle Maldive in hotel di lusso cinque stelle. Ma volevo comunque tranquillizzare i portatori sani di pidocchi. Se ne esce. Abbiate fiducia. Non c'è bisogno della comunità. L'altro giorno la mia amica Elvira, per tranquillizzare la sua classe, ha detto: "State sereni, bambini. Non è una vergogna. I pidocchi vanno sulle teste dei bambini puliti". E una bimba è saltata su dicendo: "Ecco, io lo dico sempre a mia mamma di non lavarmi tanto".

Cicala o formica? Tarma

Ottanta per cento di umidità. Tutte stipate in mansarda. Tutte mogissime. Con una tristezza addosso spessa come la minestra di piselli. Io, Bea, Rosadele, Agata, Elvira e Marcella. A casa di Ciccio. L'amorevole amico gay. Il più gay di tutti i gay nel mondo dei gay. Per fortuna ci sono loro a consolarci. Molly si aggira torva, con l'andatura di una manta in fondo agli abissi. Invelenita. Stasera è particolarmente tossica perché ieri il suo Nibelungo l'ha portata fuori a cena. Niente di che. Solo che lei ha insistito per una cena di pesce al posto della solita pizza. Tutto bene fino a quando il cameriere ha servito la spigola e lui, l'immane cretino, ci ha spremuto sopra la salviettina umidificata al limone pensando che fosse un condimento. Da quel momento si è scatenato l'uragano Molly che è ancora qui che tempesta. Se ti fidanzi solo con dei ciula non è colpa nostra, ho detto in uno dei miei soliti afflati di comprensione. Silenzio. "A me andrebbe bene anche un balengo come il suo. Ma non trovo neanche quello." Tu, Rosadele, prima devi farti ripartire il cuore. "Dici?" Sì. Il tuo c'ha la batteria un po' scarica. Gli è successo come alle auto che stanno troppo ferme in garage. Hai bisogno di una spinta, tutto lì. E poi devi smettere di lagnarti. Più parlate di sfighe e più quelle aumentano. Si moltiplicano. E sono grassa... e sono bassa... e ce l'ho piccolo... E basta! Tanto non puoi farci molto. Al limite puoi dimagrire di qualche etto. Ma non cresci e non ti si allunga. "Non me lo dire che mi viene la tachicardia" frigna Ciccio. Datti pace. Cerca di piacerti così come sei perché altrimenti è una rottura di palle infinita. Ho terminato la reprimenda. Applauso, grazie. "Forse dobbiamo smettere di vivere da formiche e cominciare a vivere come cicale" sbotta Agata, illuminata sul divano damascato. Mah, dipende. La cicala se la spassa tutta l'estate cantando tra le foglie del pitosforo mentre la formica si spacca la schiena a trasportare le briciole nel suo buco per far fronte all'inverno futuro. Chi ha ragione? "Io tifo per la cicala che si gode la vita e se ne sbatte del domani, che carpe il diem." Giusto, Molly. Però tocca anche chiedersi: "Come ci sentiamo noi, di natura, più cicale o più formiche?". "Io mi sento tarma." Zitta, Rosadele. Se in fondo al cuore ci sentiamo formiche, è inutile che ci sforziamo di cantare. È una fatica insensata. Se la nostra è un'anima da formiche, la felicità non ci viene dal cantare ma da altro. Per esempio dal trovare un lavoro che ci piace, dal fare progetti per il futuro, dal sentirci tranquilli. Dallo stare sereni nel proprio buco con la pancia piena sapendo che fuori infuria la bufera. Al contrario, se nasciamo col DNA della cicala vivere da formica è un tormento. Vuol dire mortificarsi giorno per giorno. Vuol dire sentirsi prigionieri. Essere costretti a progettare un futuro che ci interessa meno del qui e ora. "Io mi sento molto formichiere dalla lingua lunga." No, tu sei un tafano, Ciccio, di quelli che ronzano sulle rive dell'Orco. "Ho trovato. Vivere da cicala e trovarsi un marito formica che lavori per te." Ottimo, Molly. Come al solito hai centrato la soluzione.

Il dottor Divago

Tutte malate. Io, Bea, Elvira, Rosadele e Maria Pisa. Tutte quante impestate dal morbo. Persino la Molly, la femmina di ghisa, la *pasionaria*, è a casa sfrantecata. Si trascina dal divano al letto e dal letto al divano con il plaid sulle spalle. E poi straparla per via della febbre. Positivo. Almeno questa volta ha una scusa. Bea è entrata in bagno martedì e da allora non è mai più uscita. Rosadele non ha più un naso. Se l'è soffiato via a suon di Kleenex. Le è rimasto un pinolo storto tipo quello di Califano. Elvira sta facendo i conti con le ricadute. A oggi siamo a quota quattro. Ogni tanto piove giù come un pugile sul ring, suo marito conta fino a cinque, lei si rialza e dopo due giorni è di nuovo KO. Maria Pisa si è inabissata sotto le coperte una settimana fa e lì è rimasta, nel suo carapace di trapunte. Valle a spiegare che suda non perché le sta calando la febbre ma perché fuori fa più caldo che a Ferragosto. Se sento ancora un telegiornale, un servizio di Luciano Onder, un elisir di Mirabella che ci dice che per combattere i sintomi dell'influenza bisogna mangiare tanta frutta e tanta verdura, giuro che do una testata e sfondo lo schermo della TV. Io ho mangiato verdura che neanche la capra di Heidi. Ho riempito la casa di arance che mi sembrava di stare al carnevale di Ivrea. Mi son fatta pure delle spremute da mezzo litro che mi è venuta un'acidità di stomaco da fonderci dentro dei chiodi, e l'unico risultato è che non solo non ho prevenuto una mazza, ma l'influenza non accenna ad andarsene. Ma diteci la verità, dannazione. Diteci: "L'influenza, carissimi illusi, dura minimo una settimana. E la febbre sale anche a più di trentanove". Invece voi ci date questi splendidi e soprattutto originali consigli. Primo: COPRITEVI BENE. Ah, ma va'? Ma pensa. Noi di solito a gennaio andiamo in giro nudi, solo con un tanga di pelle di salame. Due: NON STATE VICINI A PERSONE CHE STARNUTISCONO. Sai che non l'avrei mai detto? Ma perché non ci dite anche: non leccate la faccia di uno che ha il moccio che cola? Ti consigliano di bere tè caldo e poi una cosa fantastica: RIPOSARE. Peccato, perché noi di solito, quando abbiamo la febbre, ci iscriviamo alla Parigi-Dakar, balliamo sul cubo e ci facciamo la Torino-Milano a piedi sulla corsia di emergenza. Ma invece di riempirci di baggianate, di ovvietà, ci sono altre cose che vorremmo sapere. Per esempio. 'Sti benedetti antibiotici li dobbiamo prendere o non li dobbiamo prendere? Livia, diccelo. Perché il dilemma sta sempre lì. La risposta più gettonata è: se c'è il batterio sì, se c'è il virus no. Bene. Ma io come minchia lo posso sapere se ho il virus o il batterio? Sono forse una medium? Dimmelo tu, medico mio, cerusico dei miei stivali, santone delle mie tonsille sfrante. Dimmelo tu, guaritore delle mie mucose, che hai studiato vent'anni pesando sulle spalle di tuo padre e anche un po' sulle mie che pago le tasse. Dimmelo tu, dottor Divago, che mi schiacci le papille col manico del cucchiaio e mi bussi alla schiena come se fosse un portone, ma quando ti chiedo la diagnosi mi rispondi: "Chi lo sa, staremo a vedere". A vedere cosa, pistola? E ancora. Spiegami. Come mai si cuccano l'influenza anche quelli che han fatto il vaccino? Risposta. "Eh, si vede che il ceppo influenzale non era quello giusto." Ah, sì? Non era quello giusto? Be', certo. Io mi faccio sette giorni di febbre a quaranta accucciata sul water perché tu mi hai fatto il vaccino col ceppo sbagliato. Ma quella ceppa di testa tua vogliamo aprirla in due e vedere cosa viene fuori? Tanto dicono che si devono vaccinare solo i bambini e gli anziani. Infatti. Ogni anno per le strade trovi solo bambini forti come galli da combattimento e pensionati vispi pieni di Viagra. Gli altri disperati dai venti ai cinquant'anni, quelli che devon lavorare e mandare avanti l'Italia, son rovinati. In agonia. Ci sono madri devastate dai virus che hanno a che fare con mostri di sei anni pieni di salute e forti come lottatori di wrestling.

Se invece non hai figli, e ti ammali, c'è chi ti assiste. Il tuo boy. L'uomo a cui non devi chiedere mai, tanto è inutile. Lui, invece di farti una minestra calda o un riso in bianco, ti prepara un tagliere di salumi, pecorini stagionati e pomodori secchi sott'olio. Perché sudando hai perso tanti sali. E al posto di metterti in testa la borsa del ghiaccio, ti appoggia sul cranio rovente quella tavella ghiacciata blu di plastica che si mette nelle borse frigo per fare il picnic. Quando si dice l'affettuosa dedizione del partner.

Il Viagra rosa

Questa poi. Hai letto il giornale? "No, son dietro a sfregarmi i polsi sul tester del nuovo profumo di Dior, qui sulla rivista." Senti 'sta notizia, Molly. Una signora è stata condannata a pagare mille euro di multa per aver detto alla sua vicina di casa, durante un battibecco, "faccia di cavallo". "Nientemeno. Se le avesse detto faccia di culo quanto avrebbe dovuto pagare?" Infatti. Non mi sembra un insulto. Casomai è una definizione. Cara la mia dirimpettaia, ti guardo intensamente con odio e noto che nei tuoi lineamenti c'è qualcosa di equino. "Pensa che a me quando mi dicono che ho la faccia da maiala lo prendo come un complimento..." "A me mi" non si dice. "Ah, quando ti metti a correggermi così sei appiccicosa. Quella signora magari si è offesa perché ce l'ha veramente la faccia da cavallo." Meglio ancora. Allora l'altra aveva ragione. Ha detto solo la verità. D'altronde era lì per insultarla. Stavano litigando, non poteva mica farle un complimento... "Sì, però quella s'è incazzata perché magari sono anni che quando si mette davanti allo specchio le sembra di vedere il muso di un pony. Probabilmente anche Camilla, la moglie di Carlo, non la prenderebbe bene se la sua vicina di castello le dicesse faccia di cavallo." Uhhh... senti senti... Non ci posso credere. Leggi qua. "Che c'è? La Lecciso si mette insieme a

Romina Power?" No. Hanno inventato il corrispettivo del Viagra per le donne. "Non ci credo. Cos'è? Una pastiglia rosa?" No, non è una pastiglia, è un cerotto. "Un altro?" Si vede che noi donne visto che parliamo tanto, spesso a vanvera, ispiriamo gli inventori e allora quando c'è da inventare qualcosa per noi lo fanno a forma di cerotto. "Ma adesso ne abbiamo troppi. E quello anticoncezionale. E quello per la menopausa. E quello per la pressione. E quello per smettere di fumare. E quello per respirare meglio. Senza contare un tot di cerotti normali per quando ci feriamo sgarruppando le carote o affettando il roast-beef." Si andrà avanti fino a quando inventeranno un cerotto da metterci sulla bocca. Per curare le emicranie dei mariti. "Sante parole. E come si chiama 'sta bella novità?" Scentuelle. E oltre a profumare meravigliosamente di non si sa cosa, diffonde molecole di dopamina che è un ormone che stimola le emozioni. Siccome noi a godimento siam scarse, chissà che incerottandoci... "E quanto dura?" Ventiquattr'ore. "Be', un po' di tempo ce l'abbiamo per farcela bene. Ti saluto. Vado un attimo in farmacia." Stai qua, grangarula. Il cerotto lo vendono in profumeria. "Ma come in profumeria?" Bah, forse per quella vecchia storia di "mamma tu compri soltanto profumi per te". E già che sei lì, che passi il tempo tra lo Chanel n° 5 e le Nouveau parfum de Cacharel, comprati anche una confezioncina di cerotti che magari mi diventi un po' meno isterica e fai contento anche il mio babbino caro. "L'altro giorno sulla stampa dicevano che è stato inventato anche il profilattico per le donne. Ma non spiegavano com'è fatto." Ah sì? Pensavo che esistesse già. E si chiamasse diaframma o, su scala più ampia, mutanda.

Il test dello smalto sminchiato

È arrivata l'estate. I glicini sbocciano con furia, le petunie si schiudono con audacia, le graminacee esultano soddisfatte e i nasi degli allergici colano come rubinetti mal chiusi. A dire il vero ci si aspettava prima un po' di primavera, com'è tradizione. Giusto per abituarsi. Mica radiosi mezzogiorni da bikini. Ci bastava qualche lampo di sole per mettere su i soprabitini di renna e i vecchi barracuda. Per sbottonare le camicette, far prender aria alle ascelle che sanno di chiuso, levar via la lanetta dall'ombelico, accorciare le gonne e lanciare a fionda i collant di filancone giù dalla finestra. "Così ad agosto avremo già i primi anticipi di autunno, vendemmia, funghi e castagne da fare arrostite." Ti sono grata per il tuo ottimismo, Molly. "È così. Non si dà più tempo neanche al tempo. Non lo sai che al Polo Nord si è staccato un blocco di ghiaccio grosso come la Val d'Aosta? Ci sono i pinguini che vanno in giro in canottiera. Non c'è più un orso bianco. Son tutti maròn." Quando si appisola guardando *Gaia* mescola incubi a rilevamenti scientifici. "Il mondo va a rotoli. Hai mai sentito parlare della deriva degli incontinenti?" Continenti, stordita... continenti. "Fa lo stesso. Gli uccelli migrano a vanvera, i merluzzi nascon già stoccafissi, l'aria è spessa di polveri sottili e tu ti preoccupi di metter la mano davanti alla bocca quando rutti." Perdonami ma mi sfugge il nesso. "Beata ignoranza. Ma non lo sai che il pianeta si sta scaldando?" E tu pure, mi pare. "Lo credo. Siamo sei miliardi di persone, dodici miliardi di piedi, centoventi miliardi di dita dei piedi che chiuse nelle scarpe sprigionano un calore pazzesco. Hai idea della temperatura?" Altroché, camminiamo mano nella mano in una Valleverde. "Questo è già l'inferno di Gustave Doré." E quindi? "Quindi vado a comprarmi l'autoabbronzante perché di stare al sole non se ne parla." Al solito. Si è confezionata un finale alla sua portata. Comunque fai molta attenzione, Molly, che l'ultima volta ti sei maculata come un giaguaro. "Pensa per te che hai sempre lo smalto sminchiato." Come darle torto. La mia relazione col cosmetico è sempre stata tormentata. Non parliamo poi dello smalto. Forse perché le mani mi servono, le uso, non sono solo due accessori da sventolare per farmi aria con le dita a ventaglio. C'è da dissotterrare i bulbi di tulipano, raschiare le carote, pelare l'aglio, fare m'ama non m'ama coi petali di carciofo. E come se non bastasse sono impaziente. "Che c'entra con lo smalto?" direte voi. C'entra, c'entra. Vi svelo un segreto. Sapete da cosa si distingue una donna insofferente? Dall'unghia dell'alluce con lo smalto spatarato. Perché la donna impaziente non ce la fa ad aspettare che asciughi lo smalto. Ha troppe cose da fare. Quindi si infila la calza con lo smalto ancora fresco. E si spatagna l'unghia. Capito maschietti? Se volete sapere fin da subito se quella catwoman che vi siete portati a letto è una donna esagitata e irrequieta scrutatele gli alluci. Il pollicione con lo smalto sfrantecato non mente mai.

Il maschio al mercato

Diciamo le cose come stanno. Il maschio per sua natura odia fare la spesa. Quando è ora di andare al supermercato fa l'occhio umido e rossiccio da cane da caccia e si nasconde nello stanzino delle scope. Se ti accompagna lo fa solo per farti un piacere. A te, povera pirlacchiona. Come se lui non mangiasse. Vivesse d'amore e di PlayStation. Certo. Perché lui si annoia all'ipermercato. Tesoro. Noi invece ci divertiamo come pazze. Non vediamo l'ora di spanarci i gomiti con i fustini di detersivo e le confezioni da sei di acqua leggermente frizzante. Peccato però che il pirlone, quando arriva al supermercato trascinato dalla gentil consorte, si sdà. Come per magia si risveglia dal torpore e comincia la sua personale corsa alla porcheria. L'uomo adora le schifezze. Più sono luride e più gli piacciono. Va pazzo per gli involtini di prosciutto ripieni di formaggio, ripieno di olive, ripiene di peperone, avvolto nell'acciuga, unta nell'olio della moto. Non resiste davanti a un succo di mango addizionato con anidride carbonica e acqua ossigenata a sessanta volumi, non si tiene dallo scagliare nel carrello quattro salti con qualsiasi cosa purché sia conditissima e indigesta. La donna si dà dei limiti, dettati soprattutto dall'esigenza di evitare di trasformarsi in Moby Dick. Il maschio no. Compra qualsiasi cosa. Poi va alla cassa e cade dal pero. Sbadabam. E mentre tu riempi i tuoi quarantadue sacchetti lui pian pianino si riprende, e con uno scontrino in mano lungo come la Torino-Piacenza bofonchia: "Qui i conti non mi tornano. Guarda qua. Hanno segnato otto confezioni di stuzzicadenti e io ne ho prese solo sei". E la solfa non cambia se si opta per il mercato. Non parliamo poi se si tratta di pesce. Credetemi. È proprio davanti a un banco di pescato che balza all'occhio come il cervello della donna e quello dell'uomo non riescano proprio a entrare in comunicazione. Dove va un bel donnino che non è espertissimo a scegliere il pesce? Dove ci sono tante massaie che fanno la fila. Le veterane, le intenditrici, magari calabresi, pugliesi, siciliane, quelle che sanno dove sta il pesce buono, non come noi che scendiamo dalle montagne col sapone. Il maschio no. Dove va lui? Dove non c'è coda. Dallo sfigato. Quello che ha tre pesci morti di depressione e quattro gamberi stanchi di essere congelati e scongelati da ore. L'altro giorno il mio Terminator mi ha trascinato davanti a un banco del mercato a comprare del pesce... morto. Son tutti morti, mi direte. Occhei. Obiezione accolta. Però se posso dire, quello dava veramente l'idea del morto. E anche da molto tempo. Io non dico di comprare un branzino con l'occhio brillante e spiritato ma almeno non mezzo chiuso come il tenente Colombo. Sifulo. Pareva mi facesse l'occhiolino. Ma posso io farmi strizzare l'occhietto da un branzino? Eh, no, caro pesce. Sai che ti dico? Io ti lascio lì a rantolare e vado a comprarmi un tuo collega congelato, quello fatto a forma di clava grigiognola che non sa di niente ma essendo senza testa almeno non mi fa le smorfie.

La colf turbo

Fortuna che ci sono le colf. La maggior parte delle donne che lavora dipende dalla colf. Non è la colf che dipende da noi. Siamo noi che dipendiamo da lei. La nostra vita è appesa a un filo. Della lucidatrice o del battitappeto, è indifferente. È lei l'unica luce che col Pronto mobili dissipa le nostre polveri. La mia è un mito assoluto. Prima o poi scriverò un romanzo con lei come protagonista. Intanto il nome. Si chiama Modesta. È rumena. E parla in un idioma tutto suo, che soprattutto capisce solo lei. Io cerco di intuire quel che dice da come muove le mani e da come rotea gli occhi. Si dà un gran da fare, peccato che abbia la potenza distruttiva dell'uragano Katrina. È un po' come se le pulizie le facesse col machete. Quando esce, qualche vittima, con spargimento di cocci, l'ha fatta. Nel suo bilancio danni c'è: pezzo di granito, e ripeto granito, saltato dal bordo del camino, allagamento terrazzo per dimenticanza pompa acqua aperta per due giorni, fornello pulito con la paglietta di ferro che ora ha delle righe che sembra il ghiaccio del pattinaggio dopo una gara olimpionica, e conseguente sparizione dei segnetti che ti dicono a quale fornello corrisponde l'interrutteur, e pulizia forno con ammoniaca. L'altro giorno accendo il forno a centottanta gradi, mi chino, apro lo sportello e sbaff… la nube tossica di Seveso. Chernobyl. Pensavo di aver perso la vista. La cieca di Gerico. Una zaffata di vapore di ammoniaca rovente sugli occhi. "Ho disinfettato" mi ha detto. Ma ti pare che il forno si debba disinfettare? Cosa ci cuocio dentro? Cacca di cane? Altro danno: rottura lampada a boccia. Vedo la lampada con la testa mozzata e dico: "Per caso, si è mica rotta?". Notare l'eleganza dell'approccio. La brava datrice di lavoro non chiede: "Per caso l'hai rotta?". Chiede: "Per caso si è rotta?". E lei, spalancando le braccia: "Sì, si è rotta". Certo. Per conto suo. La lampada ha preso e si è lanciata nel vuoto. Una capriola e addio mondo. Stanca di vivere. Stufa di contenere lampadine. Ma la vera passione di Modesta è il bucato. Lava tantissimo. Ho delle maglie che a forza di centrifughe da verdi son diventate blu. Non si spiega come. A domanda risponde: "Son sempre state blu". E chiude il discorso. Alcune si son ridotte di misura e son diventate di feltro. L'unica che può ancora metterle è la Barbie di mia nipote. Però Modesta ha anche tanti pregi. Per esempio prende le cimici tra le dita e crack, le schiaccia con un colpo solo, e riesce a portare con due mani tutti i sacchi dell'immondizia differenziata. Io e lei siamo un'associazione a delinquere. Ieri mi fa: "Devi comprare la cera delle Alpi". E io deficiente vado al supermercato e ovviamente non la trovo. E mentre sono lì penso: "Bah, io la cera delle Alpi non l'ho neanche mai sentita". Arrivo a casa e le dico: "Io la cera delle Alpi non l'ho trovata". Lei sbuffa. Si china, apre il mobiletto, fa sporgere il suo sontuoso *derrière*, tira fuori la confezione vuota e dice: "Questa". Ma questa non è cera delle Alpi, è cera d'api. Io quasi quasi le faccio fare il provino a *Zelig*.

Ma il cotone, stringe o cede?

Negozianti? Tutti i meteo concordano. Questo sarà un inverno lungo e freddo. Ripeto lungo, ripeto freddo. Facciamo che a marzo se batto i denti e voglio comprarmi ancora qualcosa di pesante, lo trovo? Facciamo che non debba scegliere fra una gonna di bucce di mango secche e un pareo di filigrana? Possiamo fare che in qualche negozio io riesca a trovare un paio di scarpe vere, con suola tomaia e quant'altro e non due fette di sughero legate insieme con una manciata di stringhe di liquirizia?! I negozi di abbigliamento ormai van sempre più per conto loro. A metà agosto con trenta gradi ti mettono in vetrina le pellicce di visone, i giubboni di piumino d'oca e i frangivento per lo slalom gigante mescolati a ricci e pampini ingialliti, mentre quando si gela e la mattina dobbiamo ancora scavare il parabrezza con le unghie per levare la brina come fan le gatte nella lettiera, ci mettono i prendisole e le infradito. Non è ancora primavera e siamo già alle vetrine per l'estate? Ma battiamo i coperchi? Possibile che se ho bisogno di un paio di braghe di lana pettinata che non mi facciano salire la filura d'aria fredda fin su negli apparecchi di bassa manovalanza non li trovo più? Per favore. Fate uno sforzo, almeno a marzo riempite le vostre vetrine con vestiti da marzo. Non che dopo Natale ci piazzate le schifezze dei saldi per tre mesi, tre mesi di cagate pazzesche, che se esci di casa e vuoi comprarti qualcosa per toglierti il magone sei costretta a ripiegare su un gilè di panno lenci che andava di moda nell'82, il kilt scozzese con lo spillone da balia, e la stessa giacca di bouclé con le spalline di gommapiuma che metteva Sue Ellen di *Dallas*, e poi quando finalmente son finiti 'sti cavolo di saldi, ci piazzate la moda mare luglio-agosto? Ci prendiamo tutte la polmonite. Che poi se compriamo il toppettino adesso, ora che fa caldo non ci ricordiamo neanche più di averlo. E poi di una cosa vi prego. Piantatela lì con i maglioncini di cotone: né a marzo, né a giugno, né mai. E vi spiego il perché. Allora. Tu entri in un negozio e dici: "Vorrei provare quel maglioncino di cotone...". Provi... È largo. E la commessa: "No, ma non si preoccupi... lo lava due volte e si restringe...". Ma tu non demordi e rilanci. "Senta, mi faccia provare una taglia in meno." La provi. Stretta. E la stessa commessa ribatte: "Guardi che questo al primo lavaggio cede". Cosa cavolo fa, il cotone?! Vogliamo chiarirlo una volta per tutte? Stringe o cede? O è come l'economia italiana che non s'è ancora capito se tira o slandra? Allora, io posso anche rassegnarmi a non sapere la verità sull'economia e sugli aumenti dell'ISTAT, ma se il cotone stringe o cede, porca miseria, potete dirmelo con chiarezza per favore? Grazie.

A cena col delitto

Cortesemente. Che qualcuno si metta una mano sulla coscienza e dia una regolata ai telegiornali, soprattutto quando parlano di cronaca nera. Io non ne posso più. Ogni TG apre con minimo dieci minuti di orrori. Tu sei a cena, sverso, in pigiama, che scarnifichi a cucchiainate l'ultimo vasetto di yogurt, e compare Giorgino a dirti che quello s'è spetasciato, quell'altro si è brasato, quei poveretti li hanno fatti a pezzi e messi nei sacchetti del supermercato e quell'altro ancora ha giurato a Satana e per non sbagliarsi ha accoppato tutta la parentela in blocco. Il tutto corredato da immagini agghiaccianti. Ma vogliamo smetterla con gli orrori nel dettaglio? Questa non è affatto informazione, è morbosità. Poi non ci stupiamo se la gente va a fare il picnic di pasquetta a Casalbaroncolo e gli studenti fotografano le disgrazie col telefonino. Facciamo basta con l'orrore. Noi non li vogliamo vedere gli schizzi di sangue, il segno a terra col gesso, il dettaglio dei piedi del poliziotto che cammina sull'erba (quello c'è sempre, cambia il misfatto ma i piedi son sempre gli stessi), l'immancabile inquadratura del cognome sul citofono o il triciclo abbandonato in un angolo. Non le vogliamo sentire le interviste ai parenti. Ma vi devo dire io dove vi dovete mettere quel microfono? Basta con i talk show sugli omicidi, con le soubrette che aprono il becco a vanvera, gli opinionisti mezzi pirla e gli esperti in niente, tutti a dire la loro. Ma che ne sapete voi? Ma parlate dell'*Isola dei famosi*, raccontate di quella volta che avete perso le mutande in panetteria, o di quell'altra che avete baciato il cane sulla bocca. E se vi prende il trip delle indagini andate a fare le carabiniere su Canale 5. E anche voi giornalisti. Se strombazzate ai quattro venti gli sviluppi delle indagini, finisce che il mostro, se non è completamente imbecille, scappa. La roba brutta è che a forza di smitragliate di telecamere su pozze di sangue e quintali di dettagli su finestrini sforacchiati, vestiti sbrindellati e cartellini messi per terra con le lettere dell'alfabeto, diminuisce il tempo della commozione. La prima volta che vediamo il servizio ci prende il magone, poi sempre meno. Alla fine non facciamo più una piega. Se vediamo solo uno catturato con la giacca sulla testa cambiamo canale. Abbiamo la pietà che ci dura un secondo. La lacrima non fa in tempo a formarsi che subito, trac, parte la pubblicità. Un secondo prima vedi la vedova che sbanda tenuta su dai parenti, un secondo dopo... "Lo dice Vanessa la mutanda mi stressa..." Prima ti fan vedere una fatta a pezzi da una sega a motore, un attimo dopo "12-40 fra fa rifafà, suona fischia e canta...". C'è di positivo che con 'sti continui servizi nei luoghi dei crimini atroci si conosce l'Italia. Si fa esercizio di geografia. Sapevamo dov'era Scandicci? No. Ora la conosciamo nel dettaglio. E così Novi Ligure, Cogne, Corleone. Adesso finirà che il sindaco di Roccaminchiona per promuovere il territorio e far conoscere quanto è pittoresco il suo centro storico arpionerà la moglie col fucile subacqueo. Giusto per essere sicuro che gli facciano un bel servizio al TG delle venti.

La ragazza Don Don

Ohmiodio, Molly. Sei verde come un avocado. Che ti prende? "Niente, un giorno di ordinario casino." Si direbbe qualcosina di più. "Mi ha mollato." Chi? "Mi aveva allagato il cuore. Un'inondazione d'amore. Uno tsunami di serotonina..." Ma chi, di grazia? "E ora prego affinché una forza divina dall'alto lo fulmini e lo schianti come un pero." Niente. Molly è così. Il suo cervello non è mai raggiungibile. Come i cellulari senza tacche. "Per telefono mi ha lasciato, capisci?" Ma chi? Attilio? Quello che parlava di sé in terza persona e faceva i rutti in sensurround? "Mi ha detto: 'Ti lascio ma non mi chiedere di più, ciao'." E tu? "Io dal rinculo emotivo son caduta dalla bici. Guarda che ginocchia. Son piena di croste come una crème brulée." Coraggio, Molly. Lo sai che a casa mia per te una coscia di pollo del girarrosto c'è sempre. "Tanto non ho fame. Mi sono abbandonata alle gioie della liquirizia purissima e ora ho la pressione arteriosa che batte i duecento. Per telefono, capisci?" Ma Attilio era intollerabilmente pirla, Molly. Uno che aveva difficoltà persino a unire i punti in *Che cosa apparirà* della «Settimana Enigmistica». "Ma io non soffro mica per lui. Sono offesa per il modo. Anzi guarda." Cosa fai? Chiudi quella finestra. "Crederai mica che voglia lanciarmi? Ho solo bisogno di fare un discorso alla nazione." Dalla finestra, come il papa la domenica? "Uomini, la volete smettere di essere vigliacchi e lasciarci per telefono? Ma radunate 'ste due palle in croce che vi ha dato il Creatore e ditecelo di persona!" Chiudo? "Chiudi pure. Scusa. Noi donne, quando dobbiamo lasciare uno, mettiamo su tutta la sceneggiata del caso. Intanto glielo diciamo di persona, poi piangiamo a scrosci, ci facciamo colare il moccio dal naso e singhiozziamo come motorini senza miscela. Non è che la sostanza cambi tanto, ma almeno facciamo un po' di ambaradan. Invece loro, 'sti conigli fifoni, ti chiamano al cellulare: 'Ah, senti, volevo dirti che ti pianto, ciao, scusa ma ho un avviso di chiamata'." Hai ragione Molly. Non si lascia la gente per telefono. E neanche per fax, e-mail, SMS. Mi spiace ma ci vuole il vis-à-vis. È una scocciatura ma si deve fare. È come il rinnovo della patente. Ti rompe ma ti tocca. "Il prossimo che scantona vado lì e lo rado al suolo." Bene. *Peace and love*. "Ho una mezza idea." Tremo. "E se mi facessi assumere come perpetua? Hai letto, no? Le donne non si sacrificano più per il marito e neppure per il prete. E i parroci son costretti ad assumere collaboratrici in canonica con contratto co.co.co." È proprio il caso di dire: o signur. "Un tetto sulla testa e un lavoro sicuro. Lo dice la parola stessa. La perpetua c'è sempre stata e perpetuamente ci sarà." L'avevano detto che avrebbero dato più spazio alle donne nella Chiesa. "Sì, ma dovrebbero fare qualcosa di più eclatante. Dare un segno di vero cambiamento." Tipo? "Non so... fare cardinale Claudia Cardinale. O frate Marisa del Frate. O papa Irene Papas." Io ti vedrei bene come ragazza Don Don. Che suona le campane e fa gli stacchetti ballati sul sagrato tra un matrimonio e l'altro.

Quatro gatini...

Molly, non è possibile. Questo è il terzo reggiseno che bruci. "Ma che sfiga!" Ma quale sfiga? Per asciugarli in fretta li metti nel microonde. "Qualche secondo con funzione grill. Lo consiglio a tutte le donne come me che son sempre di fretta." Non fare donna Letizia, fa' il piacere. "Forse s'è cotto perché era di acrilico. Era di un materiale che mi sembra si chiami microfiga..." Fibra, Molly, micro-fibra. "L'avevo pagato carissimo. Era La Perla." E tu sei la pirla. Ti rendi conto o no che stai rincitrullendo? Guardi troppa televisione. Ti fai contagiare dalle femmine catodiche che non sono esattamente fulgidi esempi di furbizia. La Stefanenko che beve l'acqua ed elimina l'acqua, la Marcuzzi che mangia lo yogurt e ritrova la sua naturale regolarità. Pensa un po'. La naturale regolarità. Son problemi che stanno a cuore a tutta Italia. A tutta la Penisola preme sapere se la Marcuzzi è stitica o va in bagno regolarmente. E poi da qualche mese è sparita Adriana. La donna con un solo neurone. La ragazza col culo che parla. Solo quello. Quella deficiente che si prova i vestiti davanti al cellulare e conta le cose quattro alla volta: "Quatro steline... quatro paperele... quatro gatini...". Poi si rivolge al suo boy e gli dice: "E tu sei quatro volte matto". No, carina. Lui è quattro volte pirla a innamorarsi di te, balenga. 'Sto poveretto ti ha seguito per mari e per monti. Ha speso miliardi in bollette del telefono mentre tu gli tiravi più pacchi di Bonolis. Gli hai dato l'appuntamento in mezzo al mare e quando è arrivato arrapato come un polipo ti sei fatta arpionare con un elicottero e gli hai fatto toh! col braccino. Lui, il cretino, invece di mandarti a stendere e fidanzarsi con una velina, ha continuato a inseguirti a destra e a manca e poi ancora a manca e a destra. Finalmente ti trova in discoteca. Tu lo guardi. Lui ti guarda. Gli ormoni cantano l'*Inno alla gioia*. E tu, bella balenga? Invece di posare la caipirinha e volargli sulle piume che fai? Gli sussurri nell'orecchio: "Adesso mi sposi". Eh, no. Te lo dice una postfemminista. Tu adesso gliela dai e non rompi più le palle, gattamorta. Invece niente. Ricomincia la rumba dell'inseguimento. Anche lui, il Diego, come intelligenza non è che brilli. Non è Tullio Regge, voglio dire. Però è figo come non mai. Se solo sapesse quante donne al posto di Adriana starebbero ferme immobili, dispostissime a farsi acchiappare per l'elastico dei collant. Ultimamente ha regalato ad Adriana quattro gatti. Tutti insieme. E lei, che è scema come una capra, invece di dirgli: "Ma sei cretino a regalarmi quattro gatti? Te li guardi tu poi quando vanno in calore tutti insieme? Gliela cambi tu la lettiera inondata di puzzerie?". No, lei li conta. Uno, due, tre e quattro. Fino a quattro ci arriva, questo l'abbiamo appurato. Dopo chi lo sa. Quasi quasi rimpiango Megan Gale quando si sbatteva su e giù per i grattacieli con lo skate, sudata come una lumaca da fare alla parigina.

Profumi e balenghi

Non che voglia cominciare col solito sermone, ma confessare almeno che questa moda mi dà il tormento, perdiana, sì. Sì e sì. Mi riferisco al capriccio della candela, la nuova tendenza idiota che ha contagiato anche me. Non bastavano i bastoncini puzzoni e i conetti d'incenso che fanno lo stesso fumo delle ciminiere di Marghera. Ora si deve far spazio anche alle candele. Oggicomeoggi se in casa tua non ne detieni una modica quantità, come per le droghe leggere, non sei degno di posare un piede su questa terra fashion. Che poi tu abbia speso una fortuna in lampade alogene, faretti incastonati al soffitto e lampadari lacrimanti è una questione secondaria. Lo stile si è fatto cera e brancolare nel buio sbattendo contro gli spigoli come tuo bisnonno sbatteva nella stalla contro i culi delle vacche è tornato a essere il tuo destino. L'altro giorno entro in un bel negozio del centro e chiedo una candela profumata che non sappia di grigliata. Il negoziante me ne sfodera una decina, un po' più piccole di un barattolo di marmellata, e io con pazienza le annuso una per una, come un vero can da trifole. Mhhh... Gardenia, cannella, violetta, sandalo, mimosa. Scelgo quella alla magnolia. Profuma d'estate. Quant'è? "Trentacinque euro." Prego?! Mi faccia lo spelling. "Trentacinque euro." Ma battiamo sonoramente i coperchi? "Ma signorina, queste sono candele francesi, durano trenta ore." Ma va'? Trenta ore per l'odore? Più di un euro l'ora. Se la tenga. "Perché lei, mi scusi, quando va al cinema, quanto spende?" Be', con quella cifra lì ci vado almeno quattro volte, e se sono dei bei film mi rimane tantissima roba stipata nel cuore. "E di una candela le rimane un meraviglioso profumo nell'aria." Guardi, di aria a settantamila lire ne faccio volentieri a meno. "E del culatello, che è carissimo pure lui, una volta mangiato che le rimane?" Per carità, non c'è niente come il culatello che rimanga in me. Vede? Si deposita qui sulla coscia, mi fascia a bolerino il girovita e mi fa compagnia per mesi. Fine del discorso. Mi sono guadagnata un nemico. Sarà che io patisco i profumi. E più ancora le loro pubblicità. Tutte quelle bonone sverse sui letti, la bocca leggermente aperta e l'occhio che fissa il soffitto, l'espressione tipica del gatto che ha mangiato il boccone avvelenato. Quando proprio si spremono si arruvugliano intorno a un pitone, per via di quella vecchia storia di Eva che provoca. Uff. La migliore è senz'altro la pubblicità televisiva della tipa che si infila in una vasca piena di ottone liquido. Col suo collare per i colpi di frusta in metallo satinato, fa entrare una coscia lunga come quella di un airone e con la faccia da bedola mormora: "J'adooorrrrrrrrre". Fammi capire, fenicottera. Tu adori cacciarti in una vasca da bagno piena di vernidas tinta oro? Allora fa' una roba. Vai dal mio carrozziere, gli dici che ti mando io e ti fai dare una bella verniciatura a forno in tutta la carrozzeria. E poi mi fai sapere come è andata. Occheiiiiiiiii?

Progetti

Molly è finita in ospedale. Chiedetemi il motivo? Perché è cretina. E qui potrei fermarmi visto che la risposta è più che scontata. Però mi spiego meglio. La balenga è finita in ospedale perché il suo fidanzato russa. E anche qui sembra difficile scovare la *liaison*, il nesso logico. Che però c'è. L'ineffabile pirla col quale attualmente divide il talamone (Molly ha comprato a rate un letto "a baldracchino" che neanche il Re Sole a Versailles) russa come un drago. La notte dà fuoco alle polveri e si produce in vere e proprie sonate per naso solista, con tanto di allegro, adagio, minuetto e rondò finale. L'unica salvezza per esimersi dal concerto è tapparsi le orecchie. Come? Cacciandosi dentro i tappi acustici. Sarebbe tutto perfettamente normale se non stessimo parlando di Molly, la quale, per risparmiare, di un tappo ne fa due, dividendolo a metà. Da un lato economizza e dall'altro riesce a turarsi l'orecchio sempre più in fondo. Risultato? L'ha perso. Sprofondato giù per la tromba di Eustachio. Per togliere l'impiccio son dovuti intervenire chirurgicamente con una di quelle pinze giganti, quelle che usano i veterinari per tirar via i peru-peru dalle orecchie dei cocker. Farsi furba mai. Ma veniamo ai pensieri positivi. Uno dei segreti per non essere giuissimi di corda è avere sempre dei progetti in corso. Direi almeno cinque, così se uno va male te ne rimangono altri quattro. Anche robe piccole, tipo il progetto di tagliarsi i capelli, di comprarsi una bicicletta, di cambiare le tende del salotto, di imparare a far bene il cuscus. Oppure, anche piani più ambiziosi. Come cambiare lavoro o ancora meglio fidanzato. Per la seconda opzione l'estate è la stagione migliore. Stai con una cretina o con un idiota? Perfetto. La ami, lo ami, fai bene. Ma se invece non lo ami più? Cosa aspetti? Mollalo. Lasciala. Togliti 'sto peso e tuffati in mare. E vai al largo. Dove non si tocca.

Facciamo la pace

Basta. Basta litigare. Non litighiamo per favore... cerchiamo di essere diversi... Avete notato? Adesso c'è 'sto trend qua. In televisione, ma anche sui giornali, non si riesce più a parlare senza mandarsi a quel paese. Il trionfo dell'insulto. Il prêt-à-porter del vaffan.

Una volta poteva capitare che due si accapigliassero in onda. Soprattutto se uno dei due era Sgarbi. Ma era un caso. Una combinazione fortuita. Adesso no. Adesso c'è gente che di mestiere va in TV a litigare. Altro che conflitto di interessi, questo è interesse per il conflitto. Li scelgono apposta. Come prendere due cani idrofobi e rognosi, tirargli prima ben bene la coda e poi liberarli in giardino. E certo che si azzuffano. Se tu inviti della dinamite e un fiammifero e li fai stare vicini, poi non ti devi stupire che tutto esploda. È come, scusatemi, mettere della cacca in un frullino, togliere il coperchio e dare corrente. E poi meravigliarsi. Mammamia... cos'è successo... Mammamia tua sorella. Anche tutta questa bagarre sul povero Ceccherini. Ma io dico. Prendi dei cristiani un po' in *decadence*, peraltro abituati a stare bene, li sbatti in un'isola grossa come una pensilina del tram, li fai dimagrire di dodici chili, gli levi da bere, da mangiare, li fai stare sotto il sole a quaranta gradi che si prendono la ribollita e poi ti stupisci che non intonino lodi al cielo? Ma dai.

E adesso, giusto per dire, per sostituirlo chi han preso? Leone di Lernia. Che è non esattamente un accademico della Crusca.

Allora: Leone di Lernia, non fatevi confondere dal nome doppio, non è come Piero della Francesca o Jacopone da Todi, che erano dei gourmet della parola. Leone va giù duro.

Se non è oggi è domani, Leone ne tira una che ci fa piegare le orecchie come lo Jedi di *Guerre stellari*.

E poi, vedrete, allora ci posso scommettere che ci sarà anche pronto il sostituto di Leone. Un gruppo che fa musica senza strumenti elettrici. O un tronista nudo con l'impermeabile che arriva, spalanca il paltò e fa vedere l'ottavo nano.

Carampane a Capodanno

Su, coraggio che la vita è un passaggio. Lo dice sempre zia Nanda, presidentessa emerita e gran Mogola di tutte le carampane di Torino e provincia, categoria alla quale appartengono suocere pimpanti, vedove allegre e vecchie zie intronate. Senza dubbio, per me, modelli di vita. Hanno ragione loro, perché dopo anni di grane, guai e tormenti, hanno capito che la vita tocca prenderla come viene, e per addolcirla in fretta l'unica è un sacchettino di caramelle mou, o ancora meglio un paio di marron glacé belli grossi. Altro che corsi di autostima, yoga e Sai Babi. I due appuntamenti fissi dell'uscita carampane sono l'8 marzo, festa della donna, quando vanno in pizzeria con le clienti della parrucchiera Ornella, e il 31 dicembre, Capodanno al ristorante Ornella (sempre lei, che fa business di mestiere), tristissimo locale della cintura dove si mangia cocktail di gamberetti in salsa rosa, si balla il trenino e si brinda con spumante chimico in bicchieri di plastica. La felicità è annidata nelle pieghe della tristezza, tocca farla uscire a calci nel sedere altrimenti non c'è verso. Giusto. E veniamo al look carampanesco. Regola principale: nascondimento culo ed esposizione zinna. La tetta prosperosa è gentilmente offerta dalla ditta, appoggiata su un grazioso décolleté che fa da vassoio e incartata in un pregiatissimo toppettino che se non è di leopardo è di tigre, se non è di tigre è di pantera e se non è di una di quelle bestiacce è comunque di qualche altro carnivoro della giungla. Altro punto irrinunciabile: messissima in pieghissima. Dai parrucchieri intasati di anime dannate il bulbo viene gonfiato, cotonato, lievitato, espanso, sparato verso l'alto a matassa di zucchero filato e a suon di lacca super fissante. Infatti a Capodanno le statistiche dicono che si consumano più bottiglie di lacca che di spumante. Ma c'è il tocco di classe. Una carampana che si rispetti si fa mettere il brillantante come le lavastoviglie. Una bella spruzzata di lacca coi brillantini il cui smaltimento prevede tempi lunghissimi. I medesimi infatti finiranno ovunque. Sulla panna della torta chantilly e sulla pelata del cameriere disfatto. Ma soprattutto sui baffi. Ebbene sì. Il brillantino è inesorabilmente attratto dall'umidino del baffetto che incornicia la bocca che dato il menu della serata non è esattamente di rosa. Intanto la pressione sale e l'ascella cede. Pazienza. Anche il piede nella scarpa bronzo, come le medaglie delle Olimpiadi, comincerà a lievitare fin quasi a esplodere. Ma la carampana continuerà indefessa a ballarci sopra il ballo del qua qua. Con la vernice dalla scarpa che anche lei farà lo stesso rumore: qua qua.

Che paura la paura

Andiamo bene. Quelli a destra dicono che le sinistre porteranno miseria e morte. Quelli a sinistra dicono che la destra porterà la dittatura. Pensa se avessero ragione tutti e due. Hai visto mai, per una volta. Intanto noi siamo qua, in mezzo, gonfi di polveri sottili, a toccare ferro. Ma dimmi te. Dobbiamo preoccuparci delle sorti dello Stato, noi, come se non ne avessimo già abbastanza delle nostre beghe personali. Come se non ci bastassero i nostri dispiaceri, le nostre paure. La mia amica Rachele, che ha superato con alterigia la soglia degli ottanta – e se qualcuno le chiede: "Signora o signorina?" lei risponde: "Felicemente vedova, grazie" –, per sedare la sua paura di andare all'altro mondo tutte le notti prima di addormentarsi prega: "Buon Dio, piuttosto che farmi venire su da te fissa, fammi stare qui provvisoria". Invece Saretta che di anni ne ha solo diciotto e non ha ancora paura di morire, ha però il sacrosanto terrore di rimanere incinta. Una strizza tale che una pillola sola non le basta. Per star sicura ne prende due, come se fossero Moment, poi fa i conti dell'Ogino-Knaus, e se potesse avvolgerebbe anche il suo boy nella pellicola di Domopack. E non è ancora convinta. Ieri mi ha detto: "Sai cosa? Con un tocchetto di spirale sarei più tranquilla. Le mie amiche dicono che funziona anche saltare la corda dopo il ciupa-ciupa". Saltare la corda? "Sì, perché così fai pallonzolare lo spermatozoo, che sbattuto di qua e di là si confonde e perde la mira." Ah. Mi sembra una spiegazione scientifica esauriente. Comunque stai tranquilla. Ancora un po' che lui, dopo aver fatto l'amore, ti vedrà saltare la corda e farà di meglio. La taglierà. E così tu avrai risolto tutti i tuoi problemi. Anche Molly ha partecipato all'inchiesta. Come sei messa a fife? "Io non ho paura. Ho solo un po' la paranoia ogni mattina ad aprire gli occhi perché non so mai con chi mi sono coricata la notte." Scema. "Però se devo proprio dirti, una piccola strizza ce l'ho anch'io. Ho paura di morire e di essere sepolta viva a seguito di catalessi." Hai reso l'idea. Cinzia che ormai vive sola col suo gatto da più di due lustri ha cominciato a ragionare come lui. Ha il terrore dell'acqua e poi non sale più sulle scale a pioli perché ha paura di cadere di schiena. Lorena ha la fobia degli squali. Ma non solo al mare. Anche in piscina. Marcella non prende mai le scale mobili perché ha il terrore che le restino i piedi incastrati negli ingranaggi. Alfredo ha paura del vento, dice che è stata la favola dei tre porcellini ad averlo traumatizzato da piccolo. Giovanni ha il terrore che ci sia qualcuno appostato sotto al letto che di colpo gli possa abbrancare le caviglie e così la sera si mette in pigiama e poi prende la rincorsa e salta sul materasso. Come fanno gli atleti di salto in alto. Ho chiesto al mio Mazinga. E tu amore che paura hai? "Ho paura di non riuscire a pagare le rate della macchina." Duro, puro e un filino terra a terra. Come al solito.

Preti e guardie svizzere

C'è una novità... La Chiesa ha detto che gli omosessuali non possono farsi prete. Benissimo. Quindi: i gay non possono farsi prete. Perfetto. Ma i preti possono farsi i gay? Chissà. Però gli omosessuali possono diventare sacerdoti a patto che non "omosessuino" più da almeno tre anni. In pratica, devi aver smesso di essere gay da tre anni. Occhei. Difficile però. Come fa uno a ricordarsi la data esatta? Non è che un giorno preciso uno si sveglia e scopre di non essere più omosessuale. Va in bagno e invece di far pipì seduto la fa all'impiedi. E dice: "Toh, son diventato etero". O va in giro e non si specchia più nelle vetrine. Non sogna più Gattuso e sogna la Bellucci. E poi mi chiedo: e se la settimana dopo ha una ricaduta, tipo che esce di casa per comprare una cravatta e invece si compra un perizoma con conchiglione, valgono ancora i tre anni o bisogna ricominciare il conteggio da capo?

Intanto una domanda mi sorge spontanea. Ma se i preti fanno voto di castità, cosa importa se sono etero o gay? Il prete non fa sesso. Che differenza c'è se non lo fa con le donne o non lo fa con gli uomini? Tanto sarà comunque solo un bel ricordo.

I preti però ce l'hanno, 'sta fissa. Sempre lì a pensare alla sessualità. Sempre a pensare a quello. Come lo facciamo, con chi lo facciamo, dove lo facciamo. Ma rilassatevi. Lo dico con tutto l'affetto di una che è andata a scuola dalle monache. Il mondo non è solo sesso, e stupisce che sia io a dovervelo dire.

Quello che mi turba davvero è un'altra notizia. Le donne non possono fare le guardie svizzere. Che sfiga... Io son già alla canna del gas. Non riesco a farmene una ragione. Ma sai che non dormo la notte? Va bene che io con la mia altezza al massimo potevo fare il formaggino, svizzero, però, ti sembra giusto?! Niente quote rosa neanche lì. Alla Prestigiacomo questa è la volta buona che le partono le giarrettiere. Ma capisci? Non potremo mai mettere quei meravigliosi pantaloni alla zuava tinta dehors dei bar!? Non potremo mai infilarci quel cocomero di ferro sul cranio? Non potremo girare con l'apriscatole gigante in mano su e giù davanti al Vaticano? Non potremo mai metterci al collo la gorgiera di carta tipo quella delle torte? Tienimi fermi i polsi, che mi taglio le vene.

Anno nuovo, chili nuovi

Come sono andate le feste? Direi bene visto il surplus di cotenna che avete messo su. Delle belle caviglie a zampa d'elefante. Complimenti. E quelle guance lì? Vi sono rimasti incollati ai molari un paio di datteri o è proprio grasso che cola? Anche le pance non scherzano. Tonde e bianchissime. Come panetti di pasta per la pizza messi a lievitare. Quelle, commendatore, non sono più maniglie dell'amore. Sono dei sontuosi maniglioni antipanico. Perché non ride? Ach. Le è crollato il ponte. Colpa del torrone. Dia retta a me. Se ne compri un altro, di torrone dico, ma di quelli morbidi ripieni di pistacchio. Lo mastichi per bene, e poi lo usi per rincollare la protesi. Mi creda, funziona. Io, dopo i primi cenoni e pranzoni, ho ricevuto un sacco di complimenti. "Ma come stai bene... si vede che ti sei riposata, hai proprio un'altra faccia." Così gongolavo pensando: "Figata. Non mi sto riposando per niente, ma si vede che in qualche modo son rilassata". Qualcuno ha addirittura azzardato il: "Ma ti sei rifatta qualcosa? Ti sei tirata?". Ma dai i numeri? No, che non mi sono tirata. Però poi infilandomi i jeans ho capito. Tiravano. Anche il body tirava. E persino il dolcevita di lycra, la giacchetta di panno lucertola, e la felponazza slandronata. Il vestitino svasato poi incredibilmente mi fasciava a tubo. Tirava tutto. Certo. Ho messo su due chili tondi tondi. Mi sono tirata senza bisturi. Solo con coltello e forchetta. *Ándale, ándale.* Non è tempo di bamblinare. Bisogna cominciare la dieta. La Molly, che a Capodanno sembrava un'orca assassina travestita da ballerina delle Oba Oba, mi ha dato la sua personale ricetta. La chiama settimana dello spurgo, che già dal titolo non promette benissimo. In che consiste? "Be', mangio solo yogurt magro e bevo tanta acqua." E poi? "Poi faccio tutta la cacca che posso." Che bel passatempo. Sette giorni sola in compagnia di qualche bifidus attivo. Che scambio interessante. "Son diventata seguace della setta della Marcuzzi. Voglio anch'io ritrovare la mia naturale regolarità." Sì, ma comincia col cervello, Molly. Elvira che ogni gennaio si rimetteva in forma con un bel dieci giorni a sigarette e caffè quest'anno è in gramaglie. Mannaggia a Sirchia. Ma dai, le ho detto, le sigarette fanno malissimo. "Perché, il salmone no? Che qualcuno lo scriva sui pacchetti. IL SALMONE NUOCE GRAVEMENTE ALLA SALUTE.

"P.S. Se poi lo metti sui crostini e ci aggiungi il burro, comincia a pregare."

Scarpe rosse eppur bisogna andar

Tempo da lupi. Fischia il vento, urla la bufera, scarpe rosse eppur bisogna andar. Così cantavo io, da bambina. Nella mia versione del testo le scarpe erano indubitabilmente rosse e non rotte. Ma c'era un motivo. Oltre al fatto di essere un'infante lievemente demente e, per via delle adenoidi, un filino sorda, mia madre mi aveva comprato un paio di scarpe color peperone, appunto, di un numero più piccole del mio piede, che mi facevano un male d'inferno. Quindi per me l'idea che un soldato si potesse trovare nella tormenta col vento ululante, la pioggia battente e le scarpe rosse come le mie era proprio il massimo della sfiga e della tortura che potessi immaginare. Le scarpe rotte, con qualche presa d'aria sui lati e un grosso buco sulla punta, tutto sommato, sarebbero state molto più comode, per un soldato nella bufera ma anche per me bambina in giro per via San Donato. È sempre stato un mio limite la non comprensione della realtà. Per esempio, ancora oggi stento a cogliere il senso di questa nuova moda dei Babbi Natale legati per la barba ai cornicioni. Mi fate la cortesia? Potete farli sparire che mi mettono l'ansia? Fanno impressione. Io, che sono miope, tutti gli anni li scambio per ladri. Eh, ma si fa per i bambini.

Certo, così i bambini penseranno che i Babbi Natale sono dei deficienti che invece di entrare nei camini si spetasciano contro i muri. Di fronte a casa mia c'è una facciata con tre Babbi Natale. Uno appeso per la barba, uno infilato di collo nella ringhiera, e uno messo a novanta gradi che penso aspetti che arrivi la Befana a tutta velocità a farlo felice col manico della scopa. Tanto lo so cosa pensano i teneri marmocchi dell'asilo: "Ma 'sti Babbi Natale sono veramente babbi. Com'è che se ne stanno appesi per la pelle del sedere alla ringhiera del primo piano? Di questo passo da me che abito all'ottavo arriveranno per Pasqua". Come dargli torto. Che vizio che abbiamo... Togliere sempre più spazio alla fantasia. Ma forse scoprire da subito che Babbo Natale non esiste, ed è solo un pupazzo deficiente appeso per la barba a una grondaia, preserva dal primo vero e grande choc dell'infanzia. La prima volta in cui un essere umano scopre che la vita è fatta di bugie. Tutti se la ricordano, la notizia bomba. La triste rivelazione. "Babbo Natale non esiste, fesso." Ahhh. Che dolore atroce. Che *corazón espinado*. Ma come non esiste? E i regali chi li porta? "Tuo padre, imbecille." Ahhh... seconda coltellata. Scompiglio di sentimenti.

A me è successo in terza elementare per bocca di mio cugino. "Babbo Natale non esiste perché è troppo grasso per passare dal camino." *Cogito ergo sum*. E poi ha aggiunto: "Solo che dobbiamo crederci lo stesso perché siamo bambini ed è obbligatorio". Mammamia, come ti odio. E allora chi è Babbo Natale? "Tuo padre." Impossibile mio padre sta in negozio tutto il giorno, altro che andare in giro per il mondo a consegnare doni. E poi sono entrata in garage e non abbiamo nessuna slitta.

Ho sempre avuto una certa propensione al dibattito. La Molly l'ha scoperto a sei anni, dopo l'ennesimo trasloco. “Ma mamma, perché Babbo Natale quest’anno non mi ha portato neanche un dono?” “Perché quest’anno Santa Claus deve pagare il mutuo.” E bon.

Colpita e affondata.

Funghi e carote

Autunno, tempo di funghi, di carote e di mercanti in fiera. Di umidità e cervicali di cemento armato. Di castagne da infilare nella tasca del paltò e di lumache che sbucano dalla purea di fango e fogliacce. Che fare? Stare in casa a fissare la muffa che cresce sulla perdita del soffitto? Andar per funghi nei boschi o consolarsi con i propri, di funghi, quelli presi in piscina quest'estate a Dubai? Meglio la seconda opzione. Un funghetto trallalà. Dicono che per essere un fungarolo figherrimo devi avere una memoria di ferro. Cioè ricordarti dove hai raccolto i funghi l'anno prima. Perché il fungo a volte ritorna. Come Prodi. Non è che puoi appiccicare i post-it sulle cortecce dei pini, non ti reggono mica da un anno all'altro. Poi devi saperli distinguere più che bene, perché è vero che tutti i funghi si possono mangiare. Ma alcuni una volta sola. Per star sicuri meglio abbandonare i boschi e combinare con la solita cricca di andare in trattoria. Quella piola là, che nessuno conosce, dove ti cucinano tutto a base di funghi. Dai che ce ne facciamo una scorpacciata. Ci si siede e nell'attesa già salta su il solito deficiente che dice: "Su, sfondiamoci di bulè, che poi così moriamo tutti insieme". E giù a ridere. Che sagoma. Che burlone. Che ironia incontenibile. Poi si comincia. Carne cruda all'albese con funghi, vol-au-vent ripieno di funghi, tagliolini ai funghi (giusto per non essere monotoni), e per finire funghi fritti *à volonté*. A questo punto, nel lasso di tempo che passa tra l'ultima lamella di porcino e il caffè, salta su un altro cretino, che per tradizione porta anche un po' sfiga, che dice con un fil di voce: "Speriamo bene... perché ho come un senso di pesantezza all'altezza del piloro... non vorrei che...". A quel punto in un gesto all'unisono, che ricorda molto le azioni del nuoto sincronizzato, tutti si strizzano i maroni. Ma è troppo tardi. Perché il dubbio, il malefico tarlo, ha già cominciato a rosicchiare le nostre certezze. E quindi parte la cascatella dell'autocoscienza. "Anch'io, che ne ho mangiati una cavagna, non so come mai, mi sento un po' nauseato", "Ma anche a te è capitato un pezzo nero nero e un po' amaro?", "Pensa che il mio amministratore di condominio ha scambiato una spugnola murtillaria per un porcino ed è morto tra atroci sofferenze". Stessa solfa quando si mangiano le ostriche, quel muco di mare portator di tifo. Finito di succhiar l'ultimo guscio, parte la litania, e prega per noi. Domenica sono andata a pranzo da mia suocera. Menu: fungo fritto. Domanda: "Dove l'hai preso?". Me l'ha dato la mia amica Teresa, che gliel'ha dato il suo amico Maurilio, che l'ha avuto da suo cugino di terza Filiberto, che è un esperto. Minchia. Già in para. Ti dispiace mica se non lo mangio? Mi guarda con pietà: "Meglio, così ne abbiamo di più noi". Mi avvento con avidità sul mio piatto di pasta e sventolando l'ultimo fusillo dico: "Buono questo sugo alla melanzana". "Non è melanzana, è fungo. Questa volta ti ho fregata." E ride. E poi dicono le suocere.

Giuro di dire la verità

Io dico sempre la verità. Lo giuro con il palmo ben piantato sulla testa del mio cane Alì. Solo che non sta fermo. Promessa non valida. Allora metto la mano sul fuoco. Magari no, va. La appoggio leggermente sulla griglia del barbecue. Non vorrei bruciarmi. Devo proprio essere sincera? Ma no... posso anche dire una bugia. Possiamo dirle le bugie. Quante al giorno? Una modica quantità, come per le droghe leggere. Tanto certe bugie sono quasi inevitabili. È come se la gente le pretendesse. Le donne, per esempio. Quando chiedono alla loro dolce metà del melone: "Tesoro? Secondo te sono bella?", mica vogliono la cruda e terribile verità. Pretendono una splendida e rilucente bugia. Certo amore, sei una figa da paura, più bella di te c'è solo l'aurora sul Gargano e il tramonto sulla Marmolada. "E dimmi, fegato del mio fegato, sono grassa?" No, tesoro, sei un colibrì, sei l'amato vermino della mia mela, sei un giunco leggermente mosso dalla brezza di borgata Parella. Quello noi vogliamo. Il mio visir invece a volte scivola sulla buccia di banana. "Amore? Sono bella?" gli chiedo. E lui: "A me piaci". Ma che risposta è? E se a te piacessero i mostri? Se fossi irrimediabilmente attratto dalle raganelle? Esigo una bugia, prego. Dimmela in fretta prima che l'ultimo mio nervo ceda. Anche gli uomini se le tirano le bugie. Quando dopo aver fatto l'amore ci chiedono: "Ti è piaciuto?", secondo voi vogliono la verità? Sono mica scemi. Vogliono un bel sì tondo e pieno. Pensa se invece alla domanda: "Ti è piaciuto?", al posto della sillaba miracolosa, noi rispondessimo la verità: "Dunque. Guarda, nella prima parte sì. I preliminari dei primi centottanta secondi ti dico che sono stati stratosferici, sei andato da dio, mi hai fatto vedere il paradiso e anche un pezzo di ala di arcangelo, poi non si sa come, improvvisamente hai cominciato a perdere colpi, ti sei incartato via via, sei andato a ravanare a vanvera dove non dovevi, dalla noia mi sono persino assopita un istante intorno al diciottesimo del secondo tempo, poi sembrava che ti fossi ripreso, che dovessi andare in gol, invece palo. Niente. Quindi se mi chiedi se mi è piaciuto posso dire NO. STAVOLTA NO. Anzi. Se vuoi ti do anche il voto come fa quel giornalista sportivo a *Controcampo*. Ti do un bel cinque. Ma tranquillo. Prima della fine dell'anno avrai il tempo di riparare".

Incubi

Gaute la nata. Levati quel tappo e lascia entrare l'ossigeno al cervello, Molly. "Prova tu ad avere gli incubi tutte le notti." Io purtroppo gli incubi ce li ho di giorno. E il più ricorrente sei tu. "Sai cos'è? È che da quando ho diminuito le sigarette, mi si è scombussolato il metabolismo e ho cominciato a slatentizzare la porcheria che avevo nel subconscio. È tutta colpa di Girolamo." Chi? "Sirchia. Non è un caso che abbia lo stesso nome di Savonarola." Ma povero ministro, voleva solo far respirare meglio. "Eh, però così ci ha levato il fiato. Già che c'era poteva vietare anche lo speck, il porceddu e la scamorza. E chi vuole mangiare il salmone affumicato vada sul balcone." Ma ci voleva un po' di polso fermo. "Lo dici tu perché non hai mai fumato." È vero. Io fumo solo a maggio, quando devo pagare le tasse. Ma lì mi fuma qualcos'altro. Comunque proibendo le sigarette avrà allungato la vita degli italiani. "Salvo poi accorciargliela di colpo per una polmonite non diagnosticata." Be', anche tu, sempre a cercare il pelo nell'uovo. "Ti faccio un resoconto degli incubi di questa settimana?" No, grazie, ne faccio volentieri a meno. "Dunque. Lunedì ho sognato che mi venivano i piedi palmati e nuotavo sul Po fino all'altezza delle foci di Comacchio, martedì ho sognato che piantavo un seme in giardino e nasceva una pianta di portaombrelli, mercoledì di partorire un vitello in un sacchetto della Coop, giovedì ho sognato Pannella che mi toccava il culo in una cabina del telefono e gli davano quattordici mesi di galera, venerdì di mangiare farfalle vive da un sacchetto di nylon come fossero patatine, sabato che marcivano le orecchie al mio amministratore di condominio e domenica, gran finale, ho sognato Chiamparino vestito da Kiss che faceva l'ospite in una trasmissione di Paolo Limiti." Misericordia. "Be', lì è stata colpa mia. Avevo cucinato il cotechino senza forarlo e si vede che il grassetto in esubero mi è rimasto sullo stomaco." "Senza contare che durante gli incubi dormo a bocca aperta e faccio le bolle come il Sole Piatti. Non potrò mai più dividere la branda con un maschio." Allora ricomincia a fumare, Molly. Non ti posso vedere in questo stato. "E pensa che stanotte ho sognato che moriva Marcello, schiacciato da un pollice gigante che pioveva dal cielo. Ora lo chiamo." No, ti prego, lascia perdere. "Pronto Marcello? Sono Molly. Ciaoooo... sai che stanotte ti ho sognato? No, non ho sognato che usciva il cinquantatré e tu vincevi miliardi alla lotteria. Ho sognato che morivi... che ridere. Dicono che ti abbia allungato la vita. Tu stai bene? Sai, perché non vorrei mai... visto che sono un po' medium e ogni tanto ci azzecco, che questa fosse la volta buona..." Mollyyyyy! "Ha messo giù." Te credo. Ora passerà la mattina a strizzarsi i maroni come fossero due clementine.

La parolaccia è reato

Trasecolo. Sbalordisco. Sbarabaquak. Da oggi dire le parolacce è reato. Oh, minchia. Non ci posso credere. "Tutte cazzate." No, Molly, è la Cassazione che lo dice. "Tutte Cassate, allora." Fai... fai dell'ironia idiota. Guarda che io e te non avremo altro futuro che la galera. "Leggi qua, talpaccia ottusa. La condanna è per le parolacce evocative degli organi sessuali." Sarebbe? "Che non si possono dire quelle che c'hanno di mezzo riferimenti a organi di sesso." Tipo? "Tipo che testa di c... non si può dire ma faccia di merda sì." Non sarei così sicura. "Lo dice la Cassazione. Leggi il labiale. Stronzo si può dire mentre non mi rompere i..." Basta. Ho capito. Non è il caso di fare altri esempi. "Poi ho già quasi smesso di fumare, vorrà dire che smetterò anche di dire le parolacce." Io non ce la faccio. "Devi resistere. Mordi il fazzoletto." È che non reggo proprio l'astinenza. Non vendono neanche i cicles da masticare come quelli alla nicotina. "Basta fare con le parolacce come per le sigarette." Cioè? "Ne dici solo tre al giorno. Una dopo pranzo, una dopo cena e una la sera guardando la TV. Quella te la godi proprio. Ti metti in poltrona, in pigiama e via che ti liberi. Vespa di solito fa venire molta voglia." Il problema è che io sono un'estimatrice della parolaccia. Ci sono momenti nella vita in cui la parolaccia è d'obbligo. È proprio necessaria. E non parlo della bestemmia che fa solo schifo. La parolaccia vera, liberatoria, autentica. Quella che scarica i nervi, spegne la furia, scioglie il magone. Odio quelli che dicono: "Porco tubo, vaffanbrodo, acciderba, mi stai rompendo i cosiddetti, porca puzzola, cazzarola...". Ma che tristezza. Ma di' 'sta parolaccia e falla finita. E liberati. Altrimenti godi solo a metà, come nella pubblicità dei Fonzies. Oppure non dirle proprio. È una scelta. Anzi, sai che ti stimo? A me piacciono da matti quelli che le parolacce non le dicono mai. Mai mai mai. "Come quel gecopiteco della mia collega." Chi? "Nilla, quella mezza camerlenga, la segretaria del capo, quella che va vestita da preside laica in un collegio di suore." Quella che chiamate Nilla Pizza? "Lei. La noiosa. Ieri, distrattamente, le ho rovesciato il caffè bollente sul tailleur." Certo, distrattamente. E lei? "Lei ha fatto solo una specie di risucchio-sibilo: shhhhtttt. Un fischio all'indietro, tipo." E poi? "Poi ha detto solo: 'Ammappalo'." Be', geniale. "Sì, ma lei non fa testo. Nilla è un androide. È una da caffè decaffeinato." Be', pure io. "È fissata. Paurosa. Mangia le ciliegie a morsettini per fare le indagini e scovare il verme e se compra l'insalata già lavata la rilava." Pure io. "Infatti. Siete due fanciulle affette da cretinità permanente." Io ho già approntato un piano d'emergenza-parolaccia. Non userò più riferimenti sessuali. Dirò solo: "Non farmi girare i Bumbastik, merdarola e Vacheron Constantin". Ma quella è una marca di orologi. "Sì, ma vien bene come parolaccia." E basta? "Anche vaffancülo, con la u francese, poetica. Di quella parolaccia lì non posso proprio farne a meno." Hai ragione, Molly. Ci sono cose nella vita che si risolvono solo con un vaffanculo.

La cresima? È come il passaporto

Molly, svegliati. Iamme, bella... Esci dal tuo buco nero. Forza. 'Mpressa. 'Mpressa. È ora che tu ti dia una bella scartavetrata al buonsenso, che è zeppo di incrostazioni. "Tutti si sposano tranne me. Persino quel rafano di Camilla." Ha parlato Carrè Otis. Ti ricordo comunque che si sposa il principe Carlo, che non è esattamente Brad Pitt. "Infatti è più ricco." Scema che sei. La smetti di pensare soltanto ad accalappiare un marito? Sparpaglia il tuo amore. "Amo il prossimo mio come me stessa?" Brava. "Eh, ma io mi odio." E allora lascia perdere. "Solo in quest'anno sono stata invitata a tredici matrimoni. Ho preso cinque bouquet e un tappo in fronte. E sono ancora qui a far la muffa come il gorgonzola. E in più alle nozze di mio cugino di Caserta sono stata a tavola dalle due del pomeriggio alle due di notte. Ho preso tre chili in dodici ore." E sentiamo. Come ti sposeresti? "Be', in chiesa." Ma come in chiesa? Se non hai neanche fatto la cresima. "La cresima è come il passaporto. La fai all'ultimo momento." Io ti ho vista alle cerimonie. Non sai mai quando dire amen. Stai seduta quando devi stare in piedi, ti inginocchi quando devi stare seduta, al segno di pace stringi la mano e dici: "Piacere"; ti rammento che l'ultima volta che ti ho trascinato a messa mi hai chiesto chi fosse quella "Rosanna" che sta nell'alto dei cieli. E al matrimonio di Milena, non scordartelo mai, dopo l'Ave Maria cantata dal soprano hai applaudito come al concerto della Pausini. "Quanto la fai lunga." Hai fatto mille volte la damigella. Non ti basta? "Certo che no. Io voglio l'abito bianco e i guantini di pizzo." Quelli li hai già messi al matrimonio di Ludmilla. E te li sei morsicati tutto il tempo con la scusa che ti mangi le unghie. Poi lo sai Molly che tu alle cerimonie tendi a strafare. Ti ricordi come ti sei conciata l'ultima volta? "Ero perfetta." Ma se avevi un fiocco dietro grande quanto il tuo sedere e un cappellino con le lacrime che sembravi un paralume. E ti evito i commenti sul trucco. "Sentiamo. Cosa mi mancava?" Giusta espressione. Nulla. Non ti mancava nulla. Avevi le ciglia finte, l'eyeliner spesso un dito, i brillantini mescolati all'ombretto, il contorno labbra marchiato a fuoco, il rossetto fucsia e il fard mattone. Praticamente una battona. "Sai cosa? Per il mio matrimonio sono indecisa tra la balilla e il calesse." Perché non ti fai scaraventare da un elicottero? "Però sulla balilla mi si stropiccia tutto l'abito... e sul calesse coi ronzini pettinati e infiocchettati come la Barbie, c'è una percentuale di rischio altissima che scenda e il cavallo mi faccia la cacca sullo strascico." Tu non sai quanto sarei disposta a pagare. "Se mi sposo un agricoltore, in chiesa ci vado col trattore. O con la mietitrebbia." Oppure in gabbia insieme alle altre galline. "E poi voglio una banana lunga minimo venti centimetri." La guardo attonita. "In testa, cretina."

Presepe globale

È di nuovo arrivato Natale. E dire che abbiamo riposto i sandali non più di tre settimane fa. Le cimici continuano allegramente a riprodursi sulla nostra biancheria stesa e le mie roselline sul terrazzo non fanno che fiorire e rifiorire. Miracoli del buco nell'ozono. Molly, che è ancora abbronzata come un emiro, ha già apparecchiato il suo solito sontuosissimo presepe. Un allestimento degno delle migliori scenografie di Ronconi. A parte la capanna multipiano, il bue e l'asinello a grandezza seminaturale, e un ufo al posto della stella cometa, c'ha appeso con le puntine da disegno un cielo che è talmente tempestato di stelle luminose che più che la notte di Natale a Betlemme evoca quella di Ferragosto a Riccione. In più, avendo lei un esubero di re magi, nove per la precisione, li ha disposti tutti in fila. Come se si trovassero alla posta a riscuotere la pensione invece che a pregare alla mangiatoia del bambinello. E ha anche alloggiato i due Gesù bambini. Avendone un paio non voleva far torto a nessuno. Dice che almeno si fanno compagnia. Ho assistito, con una certa apprensione, ammetto, anche a una impressionante moltiplicazione di laghetti a specchio. Almeno cinque o sei, con allegata parure di pennuti. "Come mai?" le ho chiesto. Niente. È che ogni volta che mi metto la cipria mi scivola dalle mani lo specchietto e quello del laghetto del presepe mi è sempre sembrato un buon modo di fare riciclo. Tra i pastori ho notato anche una Tartallegra, una Micromachine e Homer Simpson. Segni inequivocabili della globalizzazione. Le ho consigliato a questo punto di sistemare anche, vicino all'arrotino, uno che vende gli incensi e un altro i biglietti della Lotteria Italia. Per dare al tutto una nota di attualità. Resta il fatto che Molly è degna figlia di suo padre Fernando, che per anni ha allestito il presepe sul campo del Subbuteo piazzandoci il plastico della ferrovia e la pista delle macchinine telecomandate. Ho notato però che quest'anno è andata leggera col muschio. Di solito esagera. Ne mette dappertutto. Si fa la scorta già in novembre quando va per famiole nei boschi del Canavese. Il problema è che l'anno scorso la sua gatta Bignol ha talmente apprezzato l'idea che ha pensato bene di utilizzare tutto quel ben di dio di muschio come lettiera, e per tutto l'Avvento ci ha fatto dentro la cacca, all'insaputa della padrona. Se n'è accorta poi Elvira, che nel tentativo di risollevare una povera lavandaia piovuta giù, si è ritrovata tra le mani una deliziosa sorpresina. "Maramao" ha commentato Bignol. Che tradotto dal gattese significa: "Ti è piaciuto il mio regalo, balenga?".

Secondi lavori

"*Giudafaus*, boia di un boia." Un po' di ritegno, mademoiselle... "La fai facile tu, che sei una diva. Ma io fatico ad arrivare alla fine del mese senza rimetterci la ghirba. Guardami, sono un'anima in pena." Permetti? Lo sei sempre stata, Molly. Da che ti conosco. Da quando facevi la baby-sitter da una pornodiva. "Eh, ma allora era una figata. Ci andavo di notte e la bambina non l'ho mai vista sveglia." Be', anche adesso non è che scherzi. Di secondo lavoro fai la morta nei gialli. "Non sminuirmi. Faccio la morta negli 'Inviti a cena con delitto', quelli che si inscenano nei ristoranti. In fondo, anch'io faccio teatro." Teatro? Ma se non dici una parola e dopo due antipasti ti accoppano. "Be', son più furba di te, che sul palco ci stai delle ore. Io mangio a sbafo e ho ancora tempo di tornare a casa e guardarmi un pezzo di *Amici di Maria*." Ho come la sensazione di essermi infilata in un buco nero. "Ci sono stati i tempi delle vacche grasse, poi quelli delle vacche magre. E adesso?" Cosa? "Siamo giunti al tempo delle vacche smunte. Delle mucche anoressiche. Devo trovarmi un terzo lavoro. Tanto schizofrenica lo sono sempre stata. Dammi qualche idea." Potresti fare la maschera. "Al carnevale di Viareggio? Ma si lavora solo tre giorni l'anno." Ma no, al Regio, cretina. "Uff. La divisa di vellutone granata e il taste-vin al collo temo che non mi donino." Be', allora un mestiere che funziona sempre è l'impacchettatrice di regali. "Eh, ma devo passare tutto il sabato a infiocchettare e a impacchettare." *Ça va sans dire.* "Non credo di essere molto brava a fare i pacchi." Credimi che invece sì, sai. E poi si impara a impacchettare impacchettando, come in tutte le altre pratiche della vita. "Eh, ma io quando incarto un regalo ho sempre bisogno di qualcuno che mi tenga fermo col dito il primo nodo del nastro." Ma perché il destino mi ha appioppato un'amica così faticosa? Allora senti, Molly, dedicati alla prostituzione. "Non sono portata, magari lo fossi." Boccaccia mia statti zitta. "Potrei fare l'astrologa a domicilio." Ma da quando ti intendi di stelle? "Da mai. Confondo sempre lo scorpione col cancro perché hanno tutti e due le chele. E poi ho sempre pensato che l'acquario fosse un segno d'acqua." Appunto. Mi è venuta un'idea. Potresti fare l'appallottolatrice di spinaci. "Sarebbe?" Ti spiego. Lo spinacio è buono ma non così buono da perderci delle mezze giornate a pulirlo e poi a cuocerlo. Ed è da qui che mi nasce la figura professionale dell'impallinatrice di spinaci. Una creatura di infinita pazienza che si mette lì con pentolone e mano a conchetta e ci dà dentro. "Però le pallotte di spinaci si possono comprare anche in gastronomia." Sì, ma io non ci riesco. "E perché mai?" Fa parte di un mio vecchio retaggio dell'infanzia. Quando ero piccola e mia madre mi portava dal salumiere a comprare il prosciutto, appena vedeva una madamin che comprava una pallina di spinaci cotti scuoteva il testone e commentava a denti stretti: *"Plandruna. Na fumna ca' cata le balote de spinas a val nen na cica"*. Una che compra gli spinaci già cotti non vale un tubo. Molly, dove vai? "Mi fiondo al mercato. Sei un genio."

In attesa della Hermès

Momenti di panico. A parte che piove che il cielo la manda e che se ne mandasse giù un po' meno sarebbe anche meglio, e che con 'sto maledetto umido abbiamo salutato la tanto sospirata abbronzatura per far posto a quel bel colore giallino della carta da forno, le nostre anime sono sconvolte da due terribili notizie. La Hunziker ha di nuovo dichiarato ai giornali che è da un anno tondo tondo che non batte chiodo. Zero ciupa. Neanche un giro di lenzuola che sia uno. Che dire per consolarla? Contrite schiere di single si stringono a lei in un fraterno abbraccio. E nutrite falangi di maschi sessualmente attivi si offrono volontari come alle Olimpiadi. Altro dramma. Pare che cento madame torinesi stiano attendendo gementi e piangenti in questa valle di lacrime il nuovo modello della borsa di Hermès, quella che si chiama Birkin in omaggio alla Birkin appunto, la moglie di Gainsbourg che ranfiava cantando *Je t'aime moi non plus*. Modello base cinquemila euro. Se la vuoi in pelle di struzzo fanno novemila, se vuoi proprio scialare prendi quella in pelle di coccodrillo che fa ventimila euro e ti levi la paura. Vivere deprivati di tale belluria deve essere devastante. Nel caso le madame fossero proprio a corto di borse io sono disponibile a prestarne qualcuna delle mie. Ne ho tre che non uso mai.

Una gialla bellissima con un baffo di biro lungo un metro, l'altra con la cerniera che si apre a squarcio e una che pesa mezza tonnellata e se la lanci di fibbia addosso a un maniaco lo sfregi. Certo non sono di Hermès, ma alla bisogna fanno il loro mestiere. Pare che per produrre un capolavoro come la Birkin ci vogliano mesi e mesi. Un artigiano della Hermès arriva a fare una Birkin dopo cinque anni di formazione nella casa madre di Parigi, praticamente un liceo. Ma io che son cretina mi chiedo: se per fare una borsetta ci vogliono cinque anni di formazione, quanti ce ne volevano per i tizi che facevano le cattedrali gotiche? Chissà. Meglio non farsi troppe domande se non si hanno pronte le risposte. Ma io sono vittima della sindrome di Marzullo. E non ne posso fare a meno. Quindi un altro mistero, già che ci sono. Come mai i jeans li fanno sempre lunghissimi al fondo e avanzi sempre mezzo metro di roba? Tu compri un paio di jeans che sono della tua taglia, ti calzano a pennello, godi come un riccio, poi abbassi lo sguardo e scopri il mostruoso esubero. Un chilometro di stoffa. Minimo. Ma per chi li fanno? Per i Watussi? Li fan per le cicogne? Per gli *Elefanti* di Dalí? Va bene che io son bassotta, che sono un puffo blu alta due mele o poco più, ma al limite posso avanzare dieci centimetri di stoffa, non la Salerno-Reggio Calabria. Anche la Stefanenko se non se li accorcia sembra Sbirulino. Ma perché? Appello. Risparmiate 'sta stoffa e usatela per fare toppettini, shorts, anche solo guantoni da forno. E poi vi do un consiglio, simpatici jeansaioli del borgo. Quando fate i jeans, visto che fate venti taglie e mille modelli, potreste anche fare tre, dico solo tre, taglie diverse per la lunghezza?! Tappa, media e coscialunga? Grazie.

Una cassata delle sue

Cari miei. Abbiamo così tanto bisogno di ottimismo. Siamo soffocati dalle cattive notizie. Arrivano boccate di stupidità da stringere il cuore. La Cassazione ha di nuovo detta una cassata delle sue. Ha sentenziato che lo stupro è un reato meno grave se si stupra una che non è più vergine. Roba da matti. È come dire che se rubi una macchina di seconda mano sei meno ladro. O che se prendi a martellate in testa uno che è già basso gli fai meno danno. A questo punto volevo solo avvertire le donne dai trenta anni in su, che praticano l'*ars amandi* già da un po', di tenersi in tasca sempre qualche spicciolo perché nel caso succedesse di avere a che fare con un orco maniaco schifoso e lurido finisce che devono stringergli la mano, dirgli grazie e magari fargli un presente. Anche solo venti euro in una busta. Due fiori. Una scatola di cioccolatini. Ho la lingua lunga? Può essere. Come ha scritto quel fantastico prete spagnolo di Valencia. Lui ha sentenziato: "Se il marito picchia la moglie è perché se lo merita. Perché le donne provocano con la lingua". Lo ha scritto su un giornale parrocchiale che si chiama «Alleluja», mica su «Gamba di Legno» o «Capitan Uncino». Cosa devono ancora sentire le nostre povere orecchie nell'anno domini 2006. Chissà se quel buon uomo dal cuore nobile e dalla mente fulgida si è premurato almeno di approntare un tabellario con segnate le parole incriminate e la quantità di botte che ci spetta? Tipo che se la moglie dice al marito: "C'è da travasare il vino, balengo!", allora è punizione lieve. Lui basta che le tiri una puntonata sul naso fino a farglielo ingoiare. Se invece la donna esagera, e gli dice: "Sono due settimane che il vino è lì da travasare, e adesso è aceto, testa di minchia" allora il marito è autorizzato a darle un calcio nel sedere che il piede resta dentro. Mah. D'altronde è giusto, se rompiamo non è che possiamo pretendere... Voi maschi non rompete mai... Dobbiamo imparare a stare: mute, zitte, ferme, cieche e sorde. Eventualmente a girare coperte di veli dalla testa ai piedi! Abbiamo liberato dal burqa le donne afghane, mettiamocelo noi. Così magari nascosti sotto possiamo tenere il paradenti, l'imbottitura da hockey e il caschetto da rugby, per stare più tranquille.

I topi ballano

Sentite qua. Roba da matti. Un gruppo di scienziati americani, evidentemente in mancanza di meglio da fare, s'è messo a studiare i topi. Son tutti lì che studiano i polli e loro bastian contrari. E hanno scoperto che quegli adorabili esserini cicciottelli, coi baffi, che viaggiano sui treni, cantano. Fino a qualche tempo fa ballavano soltanto, tra l'altro quando il gatto non c'era, e adesso pare gorgheggino pure loro. Purtroppissimo noi non li sentiamo, perché fan suoni molto acuti. Tipo quella dei Matia Bazar. Chissà se girano anche gli occhi all'indietro. Saran canti d'amore, visto che vivono circondati da tope. Pensa te. I topi ballano e cantano. Fra un po' faran dei musical. Bisognerebbe che la RAI li invitasse a Sanremo come ospiti stranieri così invece di pagare milioni di cachet se la cava con una ruota di emmenthal. Fantastici gli scienziati americani. Altroché. In America si investe nella ricerca, mica come da noi. Magari qui a Poirino c'è un ghiro che con un rutto ti fa tutta la *Nona* di Beethoven e nessuno lo saprà mai. Tra le tante scoperte di cui non si poteva fare a meno, ce n'è un'altra. Pare che le lacrime maschili siano considerate meglio, più positive di quelle femminili. L'uomo che piange perché ha le emorroidi, tipo Enzo Paolo Turchi, fa tenerezza, simpatia, suscita affetto e fa incazzare solo sua moglie, Carmela detta Carmen. La donna che piange invece "scassa la minchia", tanto per citare il mio idolo, l'onorevole Pippo Gianni. E non solo. Sembra che facciano molto venire i nervi le donne che piangono sul lavoro. Solo che non è mica facile. Per noi donne vere fatte e finite, piangere è come respirare, vien troppo spontaneo. Anch'io che sembro fatta di lava secca mi produco in lacrimevoli performance. L'altro giorno mi son venute le lacrime agli occhi al semaforo. È successo che si è affiancata a me un'auto con dentro una famiglia di arabi. Papà che guidava, e dietro mamma col velo e bimbetta in braccio. Un angelo riccio e marroncino. Io dalla mia macchina ho cominciato a farle l'occhiolino e la piccola rideva cercando di imitarmi. A quel punto se n'è accorta la mamma che le ha detto di mandarmi un bacio col suo manino aperto. E a me vedere una signora araba col velo che mi faceva mandare dei baci da sua figlia mi ha fatto venire da piangerissimo. Comunque, il consiglio degli esperti è: "Se vi viene da piangere sul lavoro, non andate a farlo in bagno, penseranno che siete pazze, incinte o lesbiche innamorate della vostra capessa, tutte cose che nel nostro bel mondo socialmente evoluto sono considerate malattie al pari della lebbra". Se vi viene da piangere, ci dicono loro, mordetevi forte forte il labbro e datevi dei gran pizzicotti da sole. Staccarmi un pezzo di labbro a morsiconi dovrebbe farmi smettere di piangere, ciula? Quanto mi aiuterebbe alla Camera farmi vedere dai colleghi con gli occhi lucidi e un rivolo di sangue che mi corre giù dal mento? Se li avessi qui davanti a me, li farei piangere io 'sti scienziati delle balle.

La fissa del crisantemo

Un tarlo mi rode. È la fiammella del fastidio. L'ardorino dell'indignazione che mi danna l'anima. Antefatto. Non so se succede anche a voi, ma ogni anno, per il ponte dei santi, nella mia famiglia riparte la sceneggiata dei crisantemi, con la "g", perché noi li chiamiamo così: grisantemi. È proprio una fissa della dinasty. Non si accettano discussioni o ragionevoli dissensi. Non si transige. Non è possibile sistemare al cimitero altro fiore che non siano quelle orribili palle bianche, gialle o violastre. Rose neanche a parlarne. Margherite, lilium, garofanuzzi? Meglio non nominarli. Alle zie viene l'orticaria. Quindi chiuso il dibattito. I grisantemi vengon coltivati amorevolmente per tutto l'anno e poi, con un rituale semisacro, recisi il giorno prima per fare 'sto fatidico mazzo. Mia madre ci tiene talmente tanto alle pallacce biancastre che qualche anno fa, per salvare i vasi da una grandinata estiva, s'è messa a correre, è inciampata nel cane e si è rotta un braccio. Tutto per questi cacchio di fiori. Quest'anno, dramma. Catastrofe. Tragedia epocale. Son fioriti, sì, ma sifuli. Dei grisantemi farlocchi. Tutti sderenati. In cuor mio ho esultato. Vuoi vedere che questa è la volta buona? Ingenua. Siam mica gente che si fa spaventare da due pidocchi rosicchiatori di boccioli. Mia madre è migrata apposta in città, alla ricerca del crisantemo perduto, l'Indiana Jones del Canavese. Io suo ostaggio in giro per mercati. Che qualcuno mi faccia santa e mi metta sul calendario. Ma arrivo al dunque. Voi lo sapete quanto c'hanno chiesto per un crisantemo? Quindici euro. Ripeto. Quindicieuroperuncrisantemo. Uno di numero. Per un attimo ho sentito con le mie orecchie la granitica passione di mia madre scricchiolare. "Ma è matta?" ha detto alla fiorista. E lei, sventolando la pallaccia: "Ma guardi che è bellissimo". E mia madre: "Ci mancherebbe ancora che fosse brutto". Perché figurati se non parte subito *Ballarò*, *Report* e *Mi manda Raitre* tutto insieme, giusto per attirare quel filo l'attenzione nel caso qualcuno non si fosse ancora accorto di me. Avrei voluto sprofondare, bucare la crosta terrestre, giù giù fino alle riserve di petrolio. È finita che li abbiamo trovati in piazza Carlina a tre euro e cinquanta. Belli, gonfi e viola. Ma la bedda madre ha ancora tentennato: "Viola? Ma non porterà male?". Mamma, cortesemente, al cimitero uno non rischia più tanto. Comunque ancora non riesco a darmi pace. Ma com'è che si specula anche sui crisantemi? Posso fare una richiesta? Se per caso c'è in giro qualche medium, qualche sensitivo, qualcuno che ha dei poteri paranormali, esaudisca la mia preghiera. Faccia una seduta spiritica apposta e chieda gentilmente alle anime dei defunti se ci tengono proprio tanto ai crisantemi o se gli va bene un fiore qualsiasi. Giusto per sapere se vale la pena, o possiamo risparmiarci tanto sbattimento. Così chi muore giace e chi vive si dà pace. Per davvero.

La grigliata di fine ferie

Settembre di sole ardente. Non è ancora tempo di rintanarsi in casa e sfondarsi di PlayStation. C'è ancora baruffa nell'aria. Approfittiamone. Facciamo scorta di raggi di sole e di miniottimismi. Alleniamoci ai micropensieri positivi, quelli che ti allentano il respiro e ti accarezzano il cuore. Impariamo dal mio amico Remo che l'altro giorno, spaparanzato mollemente su una sdraio di un bar del centro, ha sentenziato: "Sai che con questo secondo ictus mi trovo meglio che col primo?". "E vedrai col terzo..." gli ho risposto io. La felicità è prerogativa delle anime spiritose. È la dissonanza con il mondo che ti salva la vita. Un bel modo per fare rifornimento di buonumore è la classica grigliata. Trovata non troppo originale vista la quantità di fuliggine che affumica il vento. In estate, non c'è niente da fare, scatta la corsa alla brace. Basta avere un balcone, una riga di prato, una portafinestra. Però tocca tenere saldamente a mente una cosa: la quantità di tempo che ci vuole per grigliare una braciola. Cioè l'eternità. Anche se il maschio fuochista ha fatto lo scout per tanti anni e con le pietre focaie un po' ci sa fare. L'unica è andare alla grigliata già mangiati. Fai pranzo poi cominci a grigliare e se ti va bene all'ora di cena, quando ti torna il languore, forse è pronta la prima salama. La verità è che alla grigliata poi sono i maschi a divertirsi veramente. Si tronano di lambrusco, parlano di calcio e gnocche e finiscono unti, lerci e puzzolenti come zebù mentre le donne si ammazzano di noia, e dalla fame cominciano a brucare l'erba come fanno quelle della pubblicità dell'aceto balsamico di Modena. Pare che anche Leonardo da Vinci avesse progettato un barbecue. Magari è per quello che la Monna Lisa ridacchia, perché sente il profumino di salsiccia arrostita dal signor Giocondo. Averlo saputo, Dan Brown nel *Codice da Vinci* ci avrebbe messo pure la Maddalena che ungeva i peperoni di Carmagnola sulle pietre di Luserna. A proposito di Maddalena. Molly. È tornata. Quella boccalona, quella testa di cavolo millennium edition s'è fatta intortare anche questa volta. Trafitta dai dardi di Cupido è caduta innamorata di un pirata salentino dall'occhio di pece e l'ascella di piombo. Il bronzo di Sant'Andrea, dopo una considerevole dose di nottate marce di passione e di vida loca al chiar di luna tra pizziche, tarante, birre gelate e lenzuola ardenti, le ha dato il benservito. D'altronde era tornata la sua fidanzata... e quindi... E quindi Molly l'ha menato. Gli ha dato giù con lo zoccolo del dottor Scholl's. È così. Quelle di Molly non sono relazioni. Sono collisioni. Rovinosi urti. "Il mondo è rotondo e per di più gira. Prima o poi lo ribecco e gli do un'altra dose di patele." Brava. Mi sembra un buon modo di pensare il futuro. "Ma lo vuoi capire o no che ho un cuore fragile, da maneggiare con cautela?" E allora proteggilo. "E come?" Comincia a dare un giro di chiave a quelle cosce capricciose. "Dici che devo fare come i calciatori nei calci di punizione? Proteggere con le mani a conchiglia il mio dolce bersaglio?" Metaforicamente sì, Molly. Metaforicamente, ho detto.

Chiudiamo i politici nella casa del Grande Fratello?

È inverno. Fa freddo. Tocca riscaldarsi. Peccato che la Russia ci abbia fatto marameo chiudendoci i rubinetti del gas e costringendo lo Stato italiano a darci preziosissime e furbissime indicazioni per risparmiare energia, tipo: "Non tenete le finestre aperte". Han fatto bene a dircelo. Noi di solito in inverno dormiamo con le finestre spalancate, il frigo aperto e i piedi a mollo nelle granite. E poi: "Cucinate i cibi col coperchio". Bravi, così s'attacca tutto! La milanese col coperchio s'attacca, le patate fritte diventano molli e i piselli si carbonizzano. Provate voi a fare la pasta col coperchio. Si forma uno tsunami di schiuma che tocca poi bonificare il fornello per delle ore. Ma tanto a nessuno frega davvero qualcosa di noi. I nostri politici son troppo presi a litigare in TV e a darsi del bugiardo. Parlano dei dati del debito pubblico? Uno dice: "Ammonta a tot" e l'altro ribatte: "No, questi sono i dati della sinistra, secondo i nostri dati ammonta a tit". Un altro dice: "I nuovi posti di lavoro sono stati tot" e l'altro si altera, e ribatte: "No, quelli sono i dati della destra, secondo i nostri sono stati tit". Ognuno coi suoi foglietti: "Dai miei dati risulta". Eh, certo che risulta, te li sei scritti tu stamattina, i dati. Ma porca miseria. Ma ci saranno dei numeri oggettivi, che quelli sono e non ci piove? Dei numeri che non sono di destra o di sinistra. Sono giusti. Ci vorrebbe un garante dei numeri che si mette lì e controlla, fa delle grandi prove del nove e cazzia chi dice le bugie. Ma perché 'sti politici non li chiudiamo tutti quanti dentro la casa del Grande Fratello? Se cambi canale spariscono tutti insieme, li possiamo nominare e pure cacciare uno alla volta. Facciamo condurre a Emilio Fede. Per garantire la par condicio ci mettiamo tutti. Fassino, Berlusconi, Prodi, Casini, Fini, Rutelli. Pensa vedere Prodi che si sveglia di notte e va a rubare la mortadella in frigo, o Rutelli che ci prova con la Bindi, Bertinotti e Gasparri che fanno la gara di rutti mentre Mastella riracconta che è stato vergine fino ai ventotto anni. È un attimo che poi sclerano e prendono a calci le porte. E si selezionano da soli.

La castrazione chimica

Che insolito silenzio. Che ti succede stamattina, Molly? "Niente, sono stupefatta. Credo proprio che andrò a suicidarmi." Qualcosina meno, no? "E io che pensavo di avere l'esclusiva nelle zoppìe di pensiero." Non è che ieri sera hai bevuto troppo? In trattoria hai passato la cena a gridare: "In alto i nostri gomiti...". "Effettivamente ho avuto una notte agitata. Mi sono svegliata tutta avvoltolata nel lenzuolo come Lazzaro prima della resurrezione. Ma non sono in crisi per questo. Non si può più leggere il giornale facendo colazione perché ti va di traverso il croissant. Ma l'hai sentita l'ultima? La Cassazione ha deciso che dire 'sporco negro' a uno non è un insulto." Davvero? E cos'è? Un complimento? Una lusinga? Un elogio? "No, pare che sia solo 'una manifestazione di generica antipatia'. Mi sembra un buon modo per risolvere i problemi di razzismo. "Ma questi dove ce l'hanno il cervello? Non è che tu dici 'sporco negro' a uno perché è nero e ha la maglia sporca di sugo... Lo dici per insultarlo." A meno che tu non dica "sporco negro" a un bianco. "Be', in quel caso sei solo cretino. Ma perché quelli della Cassazione non vanno a dirlo a Tyson? 'Ehi, Mike? Come ti butta, sporco negro?' Se lui gli mangia le orecchie però devono riaprire la pratica." Io invece ho trovato tanto una bella idea la proposta della castrazione chimica. "Quella è vecchia. Ogni tanto parte 'sto embolo." Hai notato? È un periodo che va di modissima parlare delle parti basse. "E infatti si dicono tante cazzate." La Prestigiacomo ha chiesto i preservativi gratis, Buttiglione ha invocato la castità, Calderoli la castrazione chimica e la Tiziana Maiolo il Viagra gratis. "Quello speriamo di no." Perché? "Perché Cesare, già così tira al blu. Se può prendere il Viagra gratis poi non lo distingui più da un puffo." Comunque. La sostanza della castrazione chimica è questa: chi fa il maiale... ciao le bale. "Ah sì? Non è che si va giù di machete alla moda di Lorena Bobbitt?" Ma va'... È una cosa chimica. "Che orrore. Ma tipo? Ai maniaci gli fan saltare le balle col napalm? Ci spruzzano sopra il flit? Gliele fanno seccare al sole come i pomodori da mettere sott'olio?" Tipo una cosa così. Di certo non gliele pinzano nella portiera della Punto. "Capisco." Pare che in questo modo si tolga ai porci la voglia di fare il maiale. "Ma è la testa che comanda, mica solo il pisello." E infatti. Il buonsenso mi dice che anche se il cavolo non va, rimane la testa di cavolo. Quindi può essere che il maniaco non potendo più fare porcherie perché non gli funziona l'arnese, sfoghi la sua aggressività picchiandoti o magari ammazzandoti. "Mi sembra un bel passo avanti. E per prevenire che si fa?" Forse si castrano tutti i maschi. "Ti prego no." Sai che anche il ministro Castelli da giovane è stato violentato? Pare che nel '93 una donna gli abbia strappato la camicia. L'ha detto una sera a *Porta a porta*. Ora Vespa sta già preparando il plastico della camicia. "Ma perché? Strappare una camicia può essere considerata violenza sessuale? Allora io sono una mezza maniaca, non hai idea di quante ne abbia sfrantecate sbagliando candeggio." Speriamo.

Spippoli ma non apra

E adesso ti faccio ridere. Ho letto che in Inghilterra, per contrastare la piaga della violenza sessuale, è uscita una legge bislacca. D'ora in avanti se la donna non dice esplicitamente sì a un uomo c'è da pensare che stia dicendo di no. Chiarisco il concetto. Tu maschio, per fare l'amore con una donna, devi chiederle ufficialmente il permesso. Toc toc. Posso entrare? E lei non basta che dica "Avaaaanti". Anzi. Se la donna dice avanti non va bene. Deve dire SÌ. Pronunciare la sillaba perfetta. E adesso per una volta mi metto dalla parte dell'uomo. Ragazzi? È un discreto casino. Le donne è difficile che dicano sì. Al limite abbozzano un "mah, prova va, non si sa mai...". Sta nell'animo femminile nicchiare, cincischiare, dire: "No, dai, aspetta, spippoli ma non apra". Come si fa a pretendere un sì convinto, un consenso così esplicito? A questo punto, per completezza dell'informazione, toccherebbe chiedere anche quanti millimetri sono graditi e da che angolazione. Ho visto la foto della campagna stampa inglese. Si vedono un lui e una lei che si baciano appassionatamente con sotto una scritta: QUESTO PERÒ NON TI DÀ IL DIRITTO DI STUPRARMI. Giusto. Ci mancherebbe. Stuprarti no, però, amica mia, se sei lì con la bocca spalancata a pescecane, diciamo che ti sei già un pochinino portata avanti col lavoro.

Il problema è che poi ci sono un sacco di donne che prese dal vortice della passione invece di dire: "Sì, sì", dicono: "Dai, dai". E cosa deve fare l'inglese? Fermarsi e chiedere: "Cosa vuoi esattamente che ti dia, *darling*? Perché magari tu vuoi solo il posacenere, io ti salto sulle piume e vado direttamente in galera senza passare dal via". Anche se lei dice sensualmente: "Lo voglio", non è accettabile. Vuoi cosa? Dovrebbero fare dei prestampati da compilare che l'amante può consegnare a inizio serata, con scritto in alto "Voglio" e in basso le opzioni: A) che tu abbassi i finestrini che c'è tanfo di cane, B) che tu la smetta di fare 'ste derapate che mi vien su la carbonara, C) quella roba lì. E metti che una all'inizio dell'ardimento dice: "Sì" e poi andando avanti le viene il latte ai gomiti e dice: "No, per carità basta così, big ben ha detto stop"? Cosa fa fede? La prima o l'ultima risposta? Si fa un CID? L'unica è portarsi dietro un pubblico ufficiale che possa testimoniare. Il notaio dei pacchi mi sembra adattissimo.

Arma letale

A fine giugno cominciamo a essere stanchi per davvero. Non abbiamo più l'occhio vispo del pesce di paranza appena pescato. Son dieci mesi che tiriamo la carretta. Quaranta settimane di fila. Se pensi che basta una settimana per far marcire il prosciutto in frigo... Ci sono anche spuntati dei pelini radi radi sul mento tipo cotenna di cinghiale. Insomma, facciamo tristezza. Io per ora ho fatto solo un assaggio di vacanza. Quattro giorni in Russia a San Pietroburgo con Molly. È da anni che sogno di andar a visitare l'Ermitage, il più grande museo del mondo. Infatti prima di partire le ho chiesto: "Andiamo all'Ermitage?". E lei mi ha risposto: "No, ho prenotato al Cosmos. Camera doppia". Che disgrazia. Pare che se ti fermi anche solo un minuto davanti a ogni opera esposta, per visitare tutto il museo ci metti dodici anni. Molly dopo quattro ore stava già come fossero passati dodici anni. Stessa faccia. Allora abbiamo piegato sulla residenza estiva degli zar. Con la famosa sala d'ambra. Preziosissima. Molly l'ha guardata per bene e poi ha sentenziato: "Sembra tappezzata di peperonata". E così abbiamo liquidato anche quella. Io amo molto visitare le città d'arte in vacanza. In ferie vado a cercarmi l'asfalto come un cane da punta cerca il fagiano. Che c'è di meglio di Madrid in agosto? Forse Ibiza in agosto, ma bisogna essere normali. Invece del pedalò, il metrò. Al posto del passeggio in riva al mare, la coda davanti al museo. Invece del cocco fresco, l'aranciata calda. Poi torno a casa bella smunta, ma con un cervello così. E due balle il doppio. C'è chi preferisce la vacanza strana. Li avete mai sentiti? Io vado a Chernobyl a contaminarmi. Figo. Oppure. Io quest'anno vado in Grecia a imparare a fare la feta. Io invece vado in Alaska a imparare a fare le granite. In Kenya a studiare il linguaggio dei mandrilli. L'importante è andare a imparare una cosa perfettamente inutile. Che non serve a una mazza. Meglio comunque delle vacanze coast to coast. Quelle in cui ti sfianchi. Ti sfinisci. Ti rovini di fatica. Parti sverso e torni sfrantecato. Quindici giorni in macchina, da New York a San Francisco con la cartina davanti agli occhi che dell'America vedi solo quello che sta intorno alla cartina, appunto. Oppure, altra moda, la vacanza in agriturismo. Quella ecologica. Ti svegli con l'odore di letame e col letame ti addormenti. E soprattutto di letame ne produci perché lì ti gonfiano di farro, grano, legumi e verdure che ti viene la pancia a botte e la vescica a borraccia. Perché le vacanze ecologiche prevedono anche quello. Molto consumo di legume e di erbaglia. Tutto salutare e purificante, ma anche qualche wurstel ogni tanto farebbe piacere. Ma il wurstel non è contemplato nel menu. Se solo provi a nominarlo i gestori girano gli occhi indietro e fanno uscire della bava verde dalla bocca come la bambina dell'*Esorcista*. Per farsi una scorpacciata di wurstel da levarsi le voglie, bisogna andare alla pensione Belvedere di Cesenatico. Quella con poche stelle.

Set di nozze

Settembre è il mese perfetto per i matrimoni. Né caldo né freddo. Né bello né brutto. Come il matrimonio, appunto. In settembre ovunque ti giri trovi una sposa in posa che si fa fotografare. Perché da un po' di anni a questa parte è partito 'sto delirio delle foto. Una volta il fotografo faceva un tot di foto sempre uguali. L'uscita dall'Alfetta, l'entrata in chiesa con lo strascico a braccetto del padre pettinato come Mal, lo scambio tremolante delle fedi, gli sposi con la lingua di fuori a prendere l'ostia e poi l'uscita con il lancio del riso, pacchetto compreso. E poi gli scatti sul sagrato. I parenti di lui. Quelli di lei. I testimoni. Gli sfigati che non rientrano in nessuna categoria e alla fine il taglio della torta e il brindisi con i gomiti incrociati. Fine. Una presenza discreta quella del fotografo, che ogni tanto sbucava per poi ritornare nell'ombra. Adesso il fotografo è una rottura di palle infinita. Uno spaccamaroni micidiale. Un flagello continuo. Come avere un ratto nelle mutande. Fosse per lui, comincerebbe a fotografarti un anno prima. Sadico. Rapisce gli sposi appena dopo l'uscita dalla chiesa e li tiene in ostaggio per minimo due ore. Li schiaffa nei parchi pubblici tra le cacche dei dobermann a far finta di guardarsi con l'occhio languido mentre loro lottano disperati contro la cecagna e il calo di adrenalina.

Gli invitati, nel frattempo, al ristorante, imprecano come angeli dannati gonfiandosi di grissini per placare i morsi della fame, i bambini danno i numeri e vengono battuti come tappeti persiani mentre le fighette lottano con le acconciature che lentamente ma inesorabilmente cominciano a sderenarsi. Alla fine gli sposi arrivano alle tre del pomeriggio e tutti, indistintamente, li odiano. Ma c'è di peggio. Il video. Ci sono quelli che fanno il video. Ormai se non fai il video non vale neanche più la pena di sposarti, di fare figli, o di far fare la comunione ai figli. Ma il bello è che non si fanno più i video normali, un po' sbirgoli e stortignaccoli, come li facevano i nostri papà negli anni Settanta. Quelli che ancora adesso ti fanno venire una tenerezza da lacrime agli occhi. Si girano kolossal. A Napoli il must è noleggiare addirittura un camion regia e uno spazio col satellite. Ci sono quelli che lo fanno in stile *Padrino*, con tutta la famiglia in gessato schierata sul sagrato con lo stecchino in bocca, oppure sul genere *Via col vento*, con la sposa che svolazza qua e là impacchettata nel tulle mentre i ceri bruciano voluttuosamente. Negli ultimi tempi in più è scattata anche la perversione del backstage. Il dietro le quinte. I rumori fuori scena. E lì l'occhio indiscreto del grande fratello non si risparmia per nulla e riprende di tutto. La sposa che fa cinquecento pipì prima di vestirsi, lo sposo che per ingannare l'attesa si taglia le unghie dei piedi, la sorella di lei ingrassata di venti chili che spacca la cerniera del tailleur, il padre di lui che beve il bicarbonato perché non ha digerito la trippa della sera prima, la madre di lei in tipica isteria postmestruale e la testimone di lui vestita da trans e pettinata come Caparezza. Ma io mi chiedo: "Perché?".

Ringraziamenti

Merci beaucoup a maman et papa, alla mia enorme metà, a Fazio e a *Che tempo che fa,* a tutte le Molly e a tutti i maragià.

A Sua Eminenza e alla sua sterminata sapienza.

Al Tosco benedetto, a Stefania e a Caschetto.

E infine a Vic, a "Torino Sette" e a Radio Deejay. Senza di voi come farei.

«Riverginazione»
di Luciana Littizzetto
Grandi Bestsellers
Arnoldo Mondadori Editore

Questo volume è stato stampato
presso Mondadori Printing S.p.A.
Stabilimento NSM - Cles (TN)
Stampato in Italia - Printed in Italy